短歌研究ムック

平成じぶん歌

八十九歌人、「三十一年」をうたう

「短歌研究」編集部＝編

目次

昭和31年～昭和40年生まれ

昭和41年～昭和50年生まれ

昭和51年～平成元年生まれ

ブックデザイン　鈴木成一デザイン室

平成じぶん歌

――八十九歌人、「三十一年」をうたう

はじめに

この企画は、平成の三十一年間、「じぶん」はどう生き、なにが起こったかを、短歌作品にするというものです。

三十一文字の短歌三十一首で、三十一年間を表現する――。小説だったら、一冊かかって表現するようなことを、「三十一行」で表現してしまう。それが、短歌という表現の豊かさ、広さです。

作品は、「短歌研究」平成三十年六月号から平成三十一年四月号に、ほぼ毎号掲載し、さらに書籍化を期に書き下ろしで参加した歌人の作品も加えると、八十九作になりました。

八十九の、ひとりひとりの「じぶん歌」。それは時代の貴重な記録になるのではないかと思います。

創作にあたり、特に制限したことはありません。三十一首をどのようにならべるかなど、形式は自由でした。一年一首で詠んでもよいですし、時系列でも、そうでなくても結構です、とお願いしました。

ただ、なるべく私的なこと、たとえば、自分、家族、友人知人などに、なにがおきたか、を歌にしてくださいとお願いしました。社会的な事象を扱う場合も、自分はどう思ったか、自分はなにをしていたか、いつ、どんなときにニュースを見たかなどを、歌にしてください、と。

同じ時代を生きていても、人によってこれほど違うものなのか、ということを、読者の皆さんに感じていただけたら、と思います。

「短歌研究」編集部

大正〜昭和20年生まれ

昭和・平成の御世を生きて

岡野弘彦
Okano Hirohiko

1924年三重県生まれ。國學院大學名誉教授。宮内庁御用掛、昭和天皇の作歌指南役、歌会始選者も務めた。88年紫綬褒章受章。歌集に『滄浪歌』『美しく愛しき日本』等。

わが齢　大正・昭和・平成の三世をながらへ　かく老いにけり

霞ヶ浦　白帆の舟の漁《すなど》るを　羨《とも》しとみつつ　戦ひにけり

敵戦闘機のおもふままなる　鉾田飛行場。撃たるる友を　救ふすべなき

低空より掃射すさまじきグラマンの　編隊すぎて　身は生きてをり

亡き友の屍《しかばね》衛兵に立つ夜半《よは》を　胸にしみ入る　満天の星

霞ヶ浦　夢のごとくに浮かびゐる　大き白帆は　魂の舟

戦《いくさ》敗れし後のかなしさ。歩兵銃の菊花の章を　潰《つぶ》せとぞ言ふ

鏨《たがね》うつ音は身を削ぐ。わが親が命に代へし、銃の紋章

宮中和歌御用掛

和歌の用　ご苦労であると　天皇は　み声さやかに　労《いたは》りたまふ

侍従長は　俊成・定家の歌の裔《すゑ》。故実つぶさに　説きたまふなり

月ごとに三十首に余る御製のかず、心つくして　えらび申せり

月ごとの和歌の御題をえらびをへ、入江侍従長に　ねぎらはれをり

年々の歌会始の歌の数、幾月かけて　えらびゆくなり

病みたまふ　昭和天皇のみ枕べ　月かたぶくを　共に見まもる

手鏡にうつるさやけき月かげに　ほのかに笑みて　君はいませり

み柩の跫《あ》音《と》　ひそかに離《さか》りゆく　このかなしみに　身は在りがたし

歌をもて　大き帝に仕へたる　命すがしく　わがあらむとす

❖

み喪あけて　新たなる世のすめろぎは　ふたたびわれを　召したまふなり

新しき御世ことほぐと　あかときの伊豆の潮《うしほ》に　禊《みそぎ》しにゆく

大島の東おもての海原に　新《にひ》年の陽は煌煌と照る

今よりは若き帝が継ぎたまふ　「平成」のみ世を　ことほぎまつる

伊勢の宮　とほ白き道を踏みたまふ　后の宮のみ歌ゆかしき

ひたひたと　み堀の水は岸を打ち　白鳥は羽根かがやきて寄る

靖国の坂　杖にすがりてのぼりきぬ。朝空にたかき　益次郎の像

益次郎の像を見あげて　たたずめる　黒人兵は何おもふらむ

東京に出るたび　われは靖国の坂をのぼりて　友に逢ひに行く

須田町の広瀬中佐の銅像も　見るすべもなくなりて　さびしき

杖をつき　時かけて登る九段坂。無闇にたかき　大村益次郎の像

明治の世の　靖国の宮のにぎはひを　思ひてさびし。世は変りたり

天皇も詣でたまはずなりしより、いよよさびしき　靖国の宮

九十《ここのそぢ》に余る五つの年を生きて　われの命も　しづまらむとす

わたしの時間

春日真木子
Kasuga Makiko

平成元年

戦没者墓苑に伸びし桜の根昭和のふくらみわれは超えたり

平らかに新元号の統ぶるもとただに在りたし平和を呼吸し

五十年住み継ぐ土地の買ひあげを迫らるバブル崩壊直前

四苦八苦やうやく得たるわが土地ぞ冬木は輪郭くきやかに立つ

1926年鹿児島県生まれ。「水甕」代表。15年歌会始召人。18年『何の扉か』で第41回現代短歌大賞、19年同歌集で第30回斎藤茂吉短歌文学賞を受賞。

平成六年　夫逝く

運命愛うべなはむかなつと雲を洩るる光の一筋のもと

国土《くにつち》の緑化に励みし夫なりき逝きて親しも遠見の山野

ひとくちに言はば夫は太平洋ゆたにたゆたに吾を泳がせつ

夫在らぬ春の日永のがらんどう記憶に顕たす素の手素の足

平成十三年

ペットボトル重ね積みあげ新世紀架け橋となすさむざむしかも

平成十四年

羊水に抱かるる胎児をも混じへほがらほがらと屠蘇汲みかはす

われの子の子の子の生命《いのち》よ継ぎて来しこれぞ女《をみな》の胎のぬくもり

平成十五年　盟友高嶋健一逝く

朝に夜の電話なつかし健一のつね柔らかき和魂《にぎたま》のこゑ

「水甕」の体質改善図りきつ「ゆつくり急がう」合言葉とす

平成十六年九月一日二十時二分　浅間山爆発的噴火

はからずも受話器に聞きし爆発音浅間火口を火の鳥発つや

山が鳴る山が呻くと伝へくる危篤の家族《うから》見守るやうに

平成十七年『尾上柴舟全詩歌集』復刊

正座して正目に問はな柴舟の短歌の未来に抱きし危機感

レーザーに眼《まなこ》を灼かれ帰り来しわれを待つなり青焼校正

平成十九年　近江神宮に歌碑建つ

漏刻とふ水時計の刻む辺《へ》にわが歌刻む碑《いしぶみ》の建つ

秘色《ひそく》の水ひそひそ刻む神秘なる時間《とき》の流れを此処にとどめむ

めづらかな大字《おほあざ》小字《こあざ》の呼称消え会員名簿扉《ひら》たく並ぶ

わが脚の壮《さか》り過ぎしか携ふは伸縮自在の如意棒にあれ

衰へし二足歩行に添はせたし少年の脛巾《はぎ》ひたつるを

平成二十一年、イタリアの文芸評論家パオロ・ラガッツィ来日

「いま言葉は疲れてゐる」と言ひいでて促したまふわれの気力を

短歌《みじかうた》に和して生れしイタリアの五行詩ともに携へゆかな

日に幾度「イナバウアー」とぞ胸反らす曾孫と過ごす浅間高原

頭《づ》を振りて樺《かんば》を叩く啄木鳥《きつつき》よ原発稼働あやぶむひびき

平成二十五年　「水甕」創刊一〇〇年を迎ふ

認めあひ競ひあひつつ一〇〇年の「和して同ぜず」今問はれゐつ

これよりが正念場とぞ求めたし一滴《しづく》の知恵　火いろの言葉

瑞《みづ》の葉がみるみる覆ひ変若《を》ちかへる椎の古木よ羨しきろかも

平成三十年

身は枯れて精神《こころ》は実る今をこそとどまりてあれわたしの時間

ふかぶかと辞儀し送らな平成期銃声のなき三十年に

鎌倉山雑記

尾崎左永子
Ozaki Saeko

1927年東京都生まれ。「星座」主筆。東京女子大学国語科卒。85年『源氏の恋文』で日本エッセイスト・クラブ賞、99年『夕霧峠』で第33回迢空賞を受賞。

平成期の永き記憶はわが晩年夫子《つまこ》さへ逝きてなほも書き継ぐ

ただ孤り二度と還らぬ時渡る実感ありて夜の雨しづか

急速に暑さ増しくる六月の丘の青葉の光の反射

樹々こえて吹きわたる風はいづくなく水無月の午後の海の香まとふ

幻に似て蟬の声わたりくる炎暑の山にわれは孤り生く

漠然と事避けられぬ思ひあれば今日の会議に足曳きて行く

自問自答多くなりゆく日常のなかに紫陽花の季《とき》過ぎゆけり

靄こむる鎌倉山の夕まぐれ無音のなかのわれの存在

為《せ》ねばならぬことなき夕べ永くもあり短くもあり過去の残像

戦後生まれの平和《ピース》といふ名の黄の蔓薔薇母は好みて垣に這はせき

地震来る予感ひそかに告げ合ひき若かりし頃の姉と吾とは

右手より左手の指衰ふる過程にありと知るこの現《うつつ》

闇に降る雨聴きながら薔薇文様のタオルケットに眠りゆくなり

設けられし罠と知りつついつしかに縛られゐたりそれもまた善《よ》し

勘鈍くなりゆくといへ終末は浄くありたきわれの妄想

「加賀鳶」といふ名の清酒一口を境に急に早口となる

経歴も永きが故に歳月の記憶あいまいとなりゆく現実《うつつ》

あらかじめ合歓木《ねむ》の花咲くひとところ予期しつつ雨後の坂下りてゆく

風止みて闇深けれどある宵は無音のなかに充実がある

斎藤茂太《しげた》先生

少量の眠剤口に眠るとき無害教へし茂太《もた》先生の声

北杜夫さん

「同年《おないどし》なのに何で貴女はそう元気なんだよ！」今も耳に残る北さんの声

今は亡き人たちの声交々《こもごも》にわが閲歴を静かに満たす

靄ふかき暁にして夏至過ぎの光には重き翳ありとおもふ

過ぎて来し明るき時代よみがへるオンシジュウムの黄の花の燦《さん》

避けがたき暑き午後の街思へれどためらひてのち書店観《み》に行く

暁に雨やみしかばやや重き静寂超えて夏のうぐひす

ひとときは花に完璧の美のみえて雑草といへ花浄く咲く

季《とき》来れば花咲きて散ることわりの果して吾に花季のありしや

生も死も己れの意思にあらざれどかく生き継ぎて悔《くい》さへ淡し

昭和二年十一月生まれの私は、昭和、平成を十二分に生きたことになろうか。

昭和平成生き継ぎて時代の変貌を見れど率直のこころ変らず

通俗を去れといはれて来し過去の痛み伴ふ純粋いくつ

水仙

神谷佳子
Kamitani Yoshiko

1930年京都府生まれ。「好日」選者。京都府立大学文学部卒。歌集に『游影』『窓』等。

平成元年

「玉音」の音声内にまざまざと　実像おぼろに昭和天皇崩御さる

かたみなる名を「さん」つけて呼ぶ夫婦《ふたり》思ひあらたに膳を囲《かこ》めり

六月四日　天安門事件

天安門に満つる若きらその後を思へば声呑む　丹《に》の門聳ゆ

打ち返し打ち返しする波頭届くとどかぬ一筋信ず

十一月九日

ベルリンの壁崩壊す　悼花いくつ血汐沁む壁槌《つち》もて毀《こぼ》つ

鏡もて車底調べしソビエト兵わが黄色《わうしよく》人種なること思ひ知らせて

平成三年　普賢岳噴火

火山灰目に痛しとて目を洗ふ旅行者あまた熊本の駅にて

平成五年　三月二十四日　米田登先生逝去

寸鉄の評身に応へ感傷の余地なき姿勢師のすがすがし

平成六年　十月十二日　孫悠里誕生

子の生《あ》れし院にて女《をみな》の孫生れぬとまどふ顔に息子は赤子抱く

またたかず声追ふひとみこの世なるこゑは父なる母なるこゑと

平成七年　一月十七日　阪神大震災

長ながと高速道路横転す火煙幾條早暁のテレビに

被災の模様四十一枚に書きて来し友の筆圧頼もしと読みき

平成十一年　一月三十日　伊藤雪雄先生逝去

「瀬戸際とはかく」と喘ぎし師の言葉くさびのごとし後のくらしに

五臓六腑四つを切りていまだ在る瀬戸際越えしとも思はず過ぎぬ

平成十三年　九月十一日　米　多発テロ

極まれる青空の下屹立のビルに飛行機吸はるるやうに

戦争ごつこにあらず虚をつく戦法の単純の攻め世紀かはるも

平成十四年　十月十五日　拉致被害者帰国

頭陀袋かぶされ小舟に拉致されしが帰国すと映る五人の具体

厨子王《づしわう》よ安寿《あんじゆ》姫よと呼ぶ母の声基奏音とし今にいたるも

平成十四年　十一月三日　『光と影』ハイダーホフ出版社

今日上梓なると日独対訳歌集訳者は手に掲ぐ空港ゲートに

ミュンヘン朗読会

ドイツ語と交互に読み上ぐる日本語のメランコリックバージョンと聴衆はいふ

平成十七年　四月二十五日　福知山線脱線事故

福知山線の事故にて遅れしと杉田さんの声小さかりしよ

パワハラにつね戦《をのの》きし運転士ときけばもつとも説得されつ

平成二十三年　東日本大震災

船押し上げ家並みを薙ぎて濁流の面とし迫るテレビに真向かふ

千本の松さらはれてのこりたる一本ほそりと踏張るとなく

飼はれゐしけもの放たれ町道の閑《かん》と明るし　飢ゑてさすらふ

平成二十五年　特定秘密保護法案成立

「壁に耳」と声ひそめたる通学路呪文のごとかりき子供同志の

デモ行進見つつ立ちをりキャンパスに声上げし熱気燠《おき》のごともつ

平成二十七年　八月十九日　夫死す

六月は千米泳ぎ七月は病み八月に往にてしまひぬ

フルートにメヌエット吹く悠里の指追ひつついつしか眼閉ぢたり

平成三十年

早ばやと水仙届く年果つる思ひ返して越前の風

平成三十一年

昭和平成こえて九十《ここのそ》　果てに待つ君思ひつつ遊行期《ゆぎやうき》を往く

風に向かひて

篠 弘
Shino Hiroshi

１９３３年東京都生まれ。「まひる野」代表。早稲田大学第一文学部国文学科卒。99年紫綬褒章、05年旭日小綬章受章。日本現代詩歌文学館館長、宮中歌会始選者、毎日歌壇選者。歌集に『緑の斜面』『日日炎炎』等。

春日ざしまぶしき庭に声絞り上田三四二の弔辞をよめり

東西のドイツ統合なれる夜をビール呷りきフランクフルトに

出版権を売買する国際図書展。

瞬間をもとめて千点の薔薇撮《と》れる遺業をブックフェアに出せり

コミックスは盛夏迎へて限りなし雑高書低に追ひつめられ来

定年を前にして校正を退《ひ》くといひむしろ明るき表情見しむ

「あすか」Iの吹き抜けの壁画。

船内のロビーに田村能理子の絵透ける女体に花を降らせり

「レイプ」にと譬ふる黒木の歌一首生《あ》れて湾岸戦争終はる

詩人・北村太郎の息女。

その父を亡くしし秘書が出勤しわが受話器より拭き始めたり

『日本大百科全書』の編集部長。

完結はつねに痛みをともなへり今宵短きスピーチをなす

「博士」への心くばりは定年後を案じくれたる藤平春男氏

日本現代詩歌文学館の事業として。

北上《きたかみ》に講座ひらけばみちのくに歌詠むひとの多きを知りぬ

定年後むしろ自由になるべしと馬場あき子氏は匂はせて言ふ

現代歌人協会の理事長の役割。

相つぎて弔辞をのべる齢《とし》となりかかる務めがじわじわとくる

アメリカへ超高速に飛び立てるコンコルド墜《お》つ世紀の末に

愛知淑徳大学の教授、十年。

新設の「文化創造学部」は魅力あり島田修三が推しくれしもの

開講に「美しい日本の私」を論ずれどすでに世代差ありき

をとめらはボトルの水を呑みほして言論弾圧に耳かたむける

常宿の「ルブラ王山」の夕食の味噌カツレツの味にはまりき

セクハラで馘《き》りし教授を忘れ得ず男子高校へ収まるを知る

生来の右脚《うきやく》ブロックの心臓が生き延びむとすペースメーカに

建築学会の作品賞を受ける。

設計者の篠原一男にわが家をみづから住まなと自賛されにき

天窓より金のクロース貼られゐて音の消さるる吹き抜けの壁

次に行く店を見回す目は走る神保町街の真昼しづけき

大地震は、家で遭遇する。

テーブルの下に腹這ひ妻と手を握りあひゐき長かりし揺れ

大地震収まる室に佇ちつくし書くべきことのことば逸する

照明の及ばぬ席に日すがらを語りきたりて盃かさねゐつ

日本文藝家協会の理事長として。

ＩＳのテロから救はむメッセージ役立たざるを知りつつ発す

客の入るに閉ざされゆくやリブロ店いくたび逢ひし堤清二に

手づからに陸稲《をかぼ》刈らるる歌を詠み平成三十一年の春を清しむ

「平成」をこえて会はむや白じろと卓上のガラスに眉毛の映る

二十年間書ける「歌人と戦争」に還らぬ者とことばを交はす

〈気付きの〉奥村短歌は成りぬ

奥村晃作
Okumura Kosaku

1936年長野県生まれ。「コスモス」元選者。62年東京大学経済学部卒。〈ただごと歌〉を唱道し、実践す。歌集に『三齢幼虫』『八十一の春』等。

平成元年　一九八九年六月四日

十二億の民を食わせる体制が反体制の民を殺戮す
（天安門事件）

平成二年　一九九〇年十二月十九日

ちちのみの父好郎は病院で急死す年賀状書きさして
（享年八十五歳）

平成三年　一九九一年一月十七日

空爆で燃え上がる都市の夜の空が祭りの如く明るんでいる
（多国籍軍、イラクを空爆す）

平成四年　一九九二年

「賀茂真淵」論を書くべく墓を訪ね、浜松に寺田泰政氏尋ねき

（寺田氏は賀茂真淵記念館の学芸職員）

平成五年　一九九三年一月九日

絵を良くし銀座で個展数十回開きし岳父の佐藤真樹逝けり

（享年八十七歳）

平成六年　一九九四年十月十四日

男手一つに娘二人を嫁がせて佐藤夏樹義兄《あに》病に斃る

（享年五十九歳）

平成七年　一九九五年三月二十日

地下鉄のホームに降りるを止められてサリン事件とテレビで知りぬ

平成八年　一九九六年三月

あまりにも巧みな技《わざ》に驚嘆すポッケの財布をスリに獲《と》られて

（ポルトガル領マカオ）

平成九年　一九九七年

十四歳、中三の子が校門に首据えて「酒鬼薔薇聖斗《さかきばらせいと》」と名乗る

（六月二十八日、兵庫県警〈中三少年〉を逮捕す）

平成十年　一九九八年七月

拷問などの刑具三千点を展示するローテンブルクの「中世犯罪博物館」

平成十一年　一九九九年七月

アンダルシアにあこがれて来てヒマワリの皆立ち枯れだ乾き乾きて

平成十二年　二〇〇〇年

聖火ランナー最終走者はアボリジニーのキャシー・フリーマン選ばれ走る

（オリンピック・シドニー大会　二〇〇〇年夏）

平成十三年　二〇〇一年九月十一日

超高層ビルの胸部に相次いで旅客機激突しビル崩落す

（アメリカ同時多発テロ事件）

平成十四年　二〇〇二年

木村、草彅《くさなぎ》、稲垣、観月《みづき》にうち交じり「スマスマ」に出た和歌《わか》の師《し》役で

（六月十七日、「フジテレビ」放映）

平成十五年　二〇〇三年

ステージでガクガク指が震えだし頭真っ白、ギター抱えて

（鈴木豊ギター教室の発表会）

平成十六年　二〇〇四年

アテネ五輪女子マラソンで金獲った野口みずきは精も魂も尽き

（十月二十二日、日本時間二十三日）

平成十七年　二〇〇五年

バイクごと飛ばされて転び臓器破裂、出血多量で叔父亡くなりぬ

（原田繁、享年八十三歳）

平成十八年　二〇〇六年

滑落し途中の樹木に身が懸かり死を免れし妹直子

平成十九年　二〇〇七年

七十を超えたる我は一人来て仁右衛門島の岩場に泳ぐ

平成二十年　二〇〇八年

胸や腹激しくバイブレイトするベリーダンスを食べながら観る
（六月二十七日、トルコ旅行最後の日の夜）

平成二十一年　二〇〇九年

鉄板の上にちいさな山をなす母九十七の白骨目守《まも》る
（二月二十八日朝、息絶ゆ）

平成二十二年　二〇一〇年

弘法寺のシダレザクラは四百歳、身を拡げ咲く伏姫桜
（四月初め）

平成二十三年　二〇一一年三月十一日

街路樹に摑まり揺れの止むを待つ赤塚通りコンビニの前

平成二十四年　二〇一二年六月

岩山のてっぺんに巨石組みて建つモンサンミッシェル寺院に登る

平成二十五年　二〇一三年

魂《たま》失せて上向きに寝る妹のマリアいよ子よ安らに眠れ
（十二月四日、帰天）

平成二十六年　二〇一四年

春草が生まれた飯田の仲ノ町の借家に生まれたわれの仕合わせ
（二月、帰省）

平成二十七年　二〇一五年

宮柊二没後の「コスモス」を導きし宮英子さん逝けり、六月二十六日

平成二十八年　二〇一六年

脳にメス入れるべきではなかったと悔しむ従兄《いとこ》充朗《みつあき》の死を
（十月五日、逝去、享年八十一歳）

平成二十九年　二〇一七年

新古今入集《じつしゆう》歌数《かすう》一位なる西行がひとり体験を詠む

平成三十年　二〇一八年

平成の三十年かけ、やっとこさ〈気付きの奥村短歌〉は成りぬ

平成三十一年　二〇一九年

平成の三十年かけて〈ただごと歌〉〈奥村晃作〉自立せり

わが「平成」——光と影

秋葉四郎
Akiba Shiro

１９３７年千葉県生まれ。「歩道」編集長。斎藤茂吉記念館館長。歌集に『街樹』『樹氷まで』等。

過ぎゆきし三十年を思ふときうちに消えざるもろもろが顕つ
コンピューターウイルスなどを常おそれ微かに生きて過ぎしうつつか
平成の代《よ》と共に家建て替へて何をなし得しか書斎古《ふ》りたり
衛星放送のリアルに伝ふるルーマニア民主化革命いまに忘れず

衛星の電波によりてパトリオットミサイルの威力つぶさに知りき
湾岸戦争

宿酔にて職務に専念出来ざりき現職のころの慚愧の消えず

週休が二日となりて教育の過渡期の苦悩負ひたりわれは

初任より六十倍余の給与にて平成十年退職となる

拘束のなき日々となり作歌者のわれアンデスにこころ遊びき

とにかくにアンデス十日ほどの旅二百四十三首を残す

普及したる携帯電話が自由人われの孤独をいやし呉れにき

ミレニアム平成十二年日録《にちろく》の歌集一巻あはれ読まれず
歌集『新光』

雄渾を求めて鯨を詠ひたる豪州ノートン沖を忘れず

十数メートルの鯨つぎつぎ海空《うみぞら》に跳ぶさま未だありありと顕つ

七十のゲーテが恋に沈みたる歳に近づく愉しきごとく

謡曲の断片がわが半生のラビリントスを救ひしことあり

本林勝夫先生の縁により茂吉生地にかかはるわれは

平成十七年

斎藤茂吉追慕のドナウ源流行当然としてわれはなしたり

孫弟子の絆《きづな》ありがたく館長となりて勤《いそ》しむ千葉より通ひて

斎藤茂吉記念館

ひとり行く時も友らとゆくときも蔵王の花々われをしづむる

わが酒量衰へざれば身辺に熟女ジュニアの友ら増しをり

五反田の駅近くにてビルディング倒れんばかりの地震に遭ひき

三・一一

地震後の電車不通の夜の街に彷徨《さまよ》ひ九時間頼《たの》めなかりき

家と家財一切津波に流されし友を見舞ひき雪の降るなか

宮城県船越中村ときさん

三度《みたび》津波を経験したる叡智にて逃れし友の手あたたかかりき

津波にて数千の人ら不明といふ松川浦の満潮を見き

フルージルの街空に顕つオーロラに求め求めてわれは遇ひたり

見るたびに心うつ蔵王の樹氷群虫害により危機に陥る

国立公園の制約の中蝦夷松を守る苦渋を聞くとなく聞く

怪文書犯に苦しみ平成のわが生《よ》終はるか冬の後半

可も不可も致し方なく現身《うつしみ》はためらふことなく来る明日を待つ

最晩の夏

高橋睦郎
Takahashi Mutsuo

1937年福岡県生まれ。88年句歌集『稽古飲食』で読売文学賞、00年紫綬褒章を受章、17年文化功労者、同年『十年』で蛇笏賞、俳句四季大賞を受賞。歌集に『待たな終末』。

平成の最晩《いやはて》の夏茫然とゐる八十歳すなはち私

顧みる平成元《はじめ》五十一忽ちにして八十となる

屈竝《かかな》べて三十年に何爲しし齢《よはひ》三十重ねたるのみ

われ何も爲さずも世には事酷《いた》く繁く起りぬ平らかならず

私《わたくし》にいへば平成四《よっ》の年母喪ひき垂乳根の母

母在りし時・喪ひしのちの時　截《せち》に分るるわが年代記

母餽《おく》り漸くにしてさねわが生始《よ》まりにけり正《まさ》しきわが生

正しくは平成生れ母亡くてはじめて獨り立ちたりわれは

二〇〇一・九・一一

平成の十三年や新千年世界大亂始まりの年

二〇一一・三・一一

平成の二十三年大亂はわれわれから起くと知らされし年

世界大亂終りの時や蓋《けだ》しくは人類世界終焉の時

世の終り見ゆる世紀に生き逢ひて何爲すべしや爲すべくも非ず

爲すべかる何も無ければ早く臥し早く起き湯を沸し白湯飲む

牀の上のストレッチ體操沙の上の速足歩《はやしあり》きやそも何のため

沙の上の速足歩きも平成の年數《としかず》とほぼ同じくなりぬ

假のいのち惜むにあらね自らに朝餉とととのへ自らに食ぶ

朝餉終へ器《うつは》洗へば眠氣さし牀に身を伸ぶためらひもなく

一日にし轉《うた》た寝《ぬ》ること幾たびぞ覺めてはめくる歌の集《しふ》など

枕べに置く集のぬし誰誰ぞ佐藤佐太郎・葛原妙子

あしひきの山中智恵子くさむすや塚本邦雄逝きぬ平成

平成沒歌才惜むにいまひとりみすまる玉城徹彼をば

いしたふや石牟禮道子君こそは昭和平成海語《あまがた》りびと

海傷《あまいた》め魚《いを》を殲《ころ》してなんぞ人全《まつた》からめや君訴へき

君訴へ訴へつづけど他耳《ひと》を借さずかく言ふ現《うつ》そ身われも

二〇一三白百合忌

東《ひんがし》のMICHIKOと西のMICHIKO會ふ平成の代の絶景とせむ

平成の最晩《いやはて》の夏待たずして燃え盡きにけり君がいのち火

假のいのち盡きたりといへ不知火《しらぬひ》の海焦《あまこが》す火ぞ永遠《とは》に盡きせぬ

君亡くばわれらことごと生《よ》の限りされきのさられもだえやまざれ

昭和また遠くなりぬと思ふ間もなく平成も終らむとすも

平成も遠くなりぬと嘆かむは平成の人世界全《また》けば

平成につづく代《よ》の名を未だ知らず知らざればその闇美しき

多く数詞入りの歌

佐佐木幸綱

Sasaki Yukitsuna

１９３８年東京都生まれ。「心の花」主宰・編集長。早稲田大学名誉教授。94年『瀧の時間』で第28回迢空賞受賞。02年紫綬褒章受章。朝日歌壇選者。

１９８９年（平成１）50歳　バブル時代で、「心の花」の仲間とわいわい中国の紹興・西湖等へ。天安門事件の二日前に帰国。

五月野をいそぐＳＬ　大混雑の硬座にて食う駅弁の豚

１９９０年（平成２）51歳　公定歩合を６％に引き上げ。７月、前川佐美雄さん逝去される（享年87）。

心を込めて弔辞献げき　暑き日の暑きみ寺にしんと集いて

同年　三重テレビ放送開局20周年記念として交響曲「三重讃歌」を作詞。作曲は野田輝行氏。サントリーホールで公演。

伊勢湾の夜明けの波の眩しさを言葉に呼ぶと耳をすましき

1991年（平成3）52歳　ベルリンの壁崩壊の年。前年から早稲田大学教員組合書記長。

五百円をめぐる攻防　二日目の団交に声荒らげにけり

1992年（平成4）53歳　ユーゴスラビア連邦解体の年。4月から早稲田大学在外研究員として一年間、ライデン大学へ。ネット以前で朝日歌壇選歌など大変だった。

一年を四人が住みたる二階家の隣人ロブさんは二メートル三センチ

1993年（平成5）54歳　この年からネットで画像が扱えるようになり、ネットが一挙に普及、小生もパソコンを購入。次男定綱、小学校に入学。

九月一日は防災の日よ一年生の定綱君とならび下校す

1994年（平成6）55歳　この年「少年ジャンプ」なんと653万部を達成。3月、イタリアへ。

ベネチアの朝に着ければぴたぴたぴたぴたぴたぴたぴたと水が岸打つ

1995年（平成7）56歳　阪神淡路大震災の年。ウインドウズ95の日本語版発売される。9月、エジプトへ観光旅行。

デジカメ以前だったな　駱駝に乗る水煙草吸う俺の写真は

1996年（平成8）57歳　この年の流行語大賞「自分で自分をほめたい」（有森裕子）。

アニミズム論三編を書きしこの年の自分を自分でほめてやりたい

同年　この頃スキーに夢中で、毎年すべりに出かけた。

妻一人息子を二人犬二頭乗せて信濃へ車走らす

１９９７年（平成９）58歳　この年は丑年。毎日一首以上つくり、丑年にちなんで第九歌集『呑牛』とした。計六百十六首を収める。3月、モロッコ、スペインへ。

山盛の小鰯のフリット　三月のジブラルタル海峡の波の手前に

１９９８年（平成10）59歳　「心の花」創刊１００年記念号刊行。記念会で金子兜太・永六輔・佐佐木幸綱公開鼎談「百年・言葉・詩歌」。

百年という時間の暈《かさ》よ　つぶれない全力、懸命、必死があった

１９９９年（平成11）60歳　この年はノストラダムスの大予言で地球滅亡の年だった。秋田公立美術大学の校歌「憧れを持って」を作詞。作曲は三枝成彰氏。

できるだけ軽い言葉とひかる意味そんな校歌を書いた思い出

２０００年（平成12）61歳　年末に世田谷一家殺害事件。12月、柿本人麻呂ゆかりの奈良県大宇陀の阿騎野で講演。翌朝「かぎろひ」を見る。

小雪降る阿騎野の朝の四時半のひんがしのものいろを忘れず

２００１年（平成13）62歳　米同時多発テロ事件の年。11月、戸田市郷土博物館で講演「高柳重信の人と作品」。

文学と酒が重なりまざり居しころよ重信さんにご恩を受けき

２００２年（平成14）63歳　多摩川にアザラシのタマちゃん出現。11月、紫綬褒章受章。私の第一評論集『萬葉へ』の装幀をお願いした李禹煥《リ・ウーハン》氏も一緒だった。

ひさびさに会いたりしかし茶など飲み酒なくて男同士は無口

２００３年（平成15）64歳　十八年ぶりに阪神タイガースがセ・リーグ優勝。4月、奈良・石舞台野外ステージで「万葉集東歌の男と女」を講演。

花びらの時に吹かれて来る午後の壇上に古代の男女を招く

2005年（平成17）66歳　スマトラ島沖地震、死者1,000人を超える。3月、友人のいるロサンジェルスからラスベガスへ。

ラスベガスの金の舞台に二人目の偽プレスリーの歌を楽しむ

同年　6月、塚本邦雄さん逝去される。享年84。

愉快だった思い出がある　塚本さんが断固西瓜が嫌いと知って

2008年（平成20）69歳　リーマン・ショックの年。8月、兵庫県の浜坂町にて佐佐木幸綱歌碑除幕式。

波の音遠く聞こえて松林を吹く松風のしなやかな午後

2009年（平成21）70歳　民主党政権成立の年。早稲田大学を退職。1月、おおぜいが来てくれて最終講義。終えて朝まで飲む。

学生も卒業生もきてくれて飲みはじめたり祭りはつづく

2010年（平成22）71歳　この年北朝鮮は金正日の三男・金正恩を後継者にすると発表。1月、ベトナムへ、友人が赴任中のホーチミン市等を訪れる。

バイクがゆく、男きらきらみな若く戦後生まれが三十五歳

2011年（平成23）72歳　東日本大震災の年。母・佐佐木由幾が2月2日に死去。96歳。

ひとり子として生まれ来て七十年ひとり子としてともに住みにき

同年　3月、東日本大震災のテレビ。

母のなきわれも見ており母の遺体を津波の跡にさがす姉妹を

2012年（平成24）73歳　3月から三か月半、文化庁の文化交流使として、ポーランド、フランス、ドイツ、スイス、オランダ等の大学、日本人学校などでワークショップ、講演など。

クラクフの辛い歴史を言いしあと学生が言うまぶしき未来

2013年（平成25）74歳　伊勢神宮式年遷宮の年。遷宮の儀式に参列。

二十年ぶりに闇を来る火を待つわれらおちこちにこおろぎの声を聞きつつ

2014年（平成26）75歳　熱海中学の校歌「丘に立つ」を作詞。作曲はレベッカのＮＯＫＫＯさん。

熱中は熱海中学、少年の少女の口が大きくひらく

2015年（平成27）76歳　パリ、テロ事件の年。4月、長男頼綱、結婚。

父として乾杯をする頼綱と並べる春の人を見ながら

2017年（平成29）78歳　米国トランプ大統領就任。ゴールデンリトリバーのテオ（本名テオドール）が来る。

上田まで迎えに行けり　日曜の高速渋滞　三月《みつき》の子犬

2018年（平成30）79歳「心の花」創刊１２０周年記念号。7月、記念会当日に台風がやってくる。

中年の佐佐木信綱戌年のこの年生誕百四十六年

2019年（平成31）80歳　これまでに書いた歌集の序文・跋文・解説の中から二十五冊分を『「心の花」の歌人たち』として一冊にまとめ刊行。「心の花」創刊１２０周年記念事業の一つ。

縁《えにし》ありて文を書きたる二十五人の歌集なり女性は十二人なり

意外に多彩

沢口芙美
Sawaguchi Fumi

１９４１年大阪府生まれ。「滄短歌会」代表。國學院大學文学部卒。歌集に『フェベ』『やはらに黙を』等。

平成元年
ああ昭和終はりぬ何にか急かれきて朱の雲消ゆるまでを見つめつ

六月四日　天安門事件
デモ隊をおそふ軍隊見るに耐へず’60年安保を思ひて涙す

平成三年　十二月　ソ連崩壊
社会主義を尺度に世界が見えてゐた二十世紀よ　遂に終はるか

平成四年　十二月四日
わが背骨のごときが父親の存在としみじみ思ふ　父を失ふ

平成五年　十二月　岡野弘彦主宰「人」解散

憾みごと言ひてもむなし結社より解かれてせいせい大きく伸びをす

平成六年　五月　「滄」創刊

歌と論の勉強の場を欲ししのみ編集に精力かく使ふとは

銀婚式　娘らより祝にハワイ旅行を贈らる

ワイキキの海の夕陽に照らさるる家族四人のひとときの幸

平成七年　阪神淡路大震災

「大丈夫?」朝六時すぎ電話をし母の声聞きしがその後は不通

高速路ぐにやりと折れて長田区の燃えさかれるを声なくみつむ

平成八年　練馬区民代表として北京海淀区を親善訪問

「スミマセン」北京の地に足触れるとき小さく詫びる日本の過去を

老いたれどさすがの顔つき袁世凱の孫なる人と言葉をかはす

平成十二年（二〇〇〇年）一月一日　前夜よりミレニアム・イベント

二〇〇〇とは夢の数字に思はれて大歓声にミレニアム迎ふ

コンピューターの誤作動に備えて

丸の内ビル街夜通し灯のつくを走り続ける山手線より見る

「2000・1・1」スタンプ押さむと郵便車未明の神社に待機してをり
一月二十八日　母死去
誰とも話したくなし外出も嫌　母逝きし後二ヶ月籠もる
八月
エッフェル塔に2000の文字のきらきらしセーヌ川船に夕餉とりつつ
平成十三年（二〇〇一年）　六月　大阪府池田小学校児童殺傷事件
家族にも言へぬと姉にひそと電話池田市に住む兄を思ひて
九月一日　アメリカ同時多発テロ
WTC《ワートレ》に飛行機突き込みくづれゆく——今起きてゐるを同時に見てゐた
平成十六年　ここ二、三年熱心に山に登る
なにゆゑかかなしく心充ちてもゐる山道をただ独り歩きて
五竜岳へひたすら登り誰もゐぬ頂上の岩を踏みて遊びき
平成十八年　ヒマラヤ・トレッキング
経文を記す旗たつ村を過ぎさらにヒマラヤ山中深きへ
平成十九年　百名山完登
頂上に雲を眺めて心放つこの喜びに導かれきて

平成二十三年　三月十一日　東日本大震災

二駅を歩き駅にてトイレ借る何が起きたか未だわからず

平成二十五年

ようやくに次女は嫁ぎ長女はも仕事に一途　我に孫なし

平成二十六年　「昭和天皇実録」完成　九月九日より一般公開

宮内庁に朝より並び実録をまづ読む昭和十六年、二十年の巻

十月十九日

父母の齢にまだ届かぬにと悲しみぬ七十五歳兄の逝きたり

平成二十九年　一月　トランプ氏大統領に

アメリカに知性あるかと危ぶみぬ根深きエゴに気づかざりしよ

十一月　入院

わが身体すでに衰へ不整脈を打つ心臓にカテーテル穿刺術

平成三十年

父母の骨わが秘め持つを誰も知らず時に手に載せ語りかくるも

十一月　金婚式

娘らより祝にバラの五十本　ひと花ごとに五十年の影

平成三十一年

頂上に至らば羽根得て飛びたたむ一歩一歩に地の荷物置き

一炊の夢

永井正子
Nagai Masako

１９４１年石川県生まれ。「国民文学」選者。「北國新聞」歌壇選者。歌集に『琴心』『風の渚』等。

平成元年～十年

毎日が日曜となる恐怖感笑ひ飛ばして夫退職す

益税分を秘匿してこれの愛想か消費税の疑問かすかに

ワゴンセールの春色風に膨らめり人なき街に広がる静寂《しじま》

ベルリンの壁の一片ポケットを押さへつつ笑むその値まことか

日の落つる砂漠に俘虜の曳かれゆく芸術写真のごときアングル

装甲車の並む上走る赤き火矢殺戮ゲームのスイッチはどこ

死にさうな老いばかりといふ歌に知る歌人協会員今日からわれも

子の結婚

寡黙なる子が選びたる少女子の吾に似るとふ怖れつつ待つ

屋久島の苔踏む足の至福感自然破壊の一歩となるな

阪神淡路大震災

高層階の地震の横揺れ身の外はなべて凶器と妹のこゑ

床に這ふ恐怖に話題すぐ戻り震ふこゑ地震《なゐ》の後をいく年

平成十一年〜二十年

結社の選者に

断れば破門と真顔の命令にわが生きの枷《かせ》師の強ひませり

腰低く角《かど》を立つるな心得のかぶさる如く反骨封づ

千代國一リンパ腺腫

リンパ腺腫に入院の部屋ホテル並みと明るき声の耳に痛まし

若きゆゑ進行早からむ同病の春日井建を言ふ眼の潤む

子が家を新築

消費税アップの前にと図面見す同居の部屋など念頭になし

「だんご三兄弟」小さく流るる廊下来て末のだんごの出産を待つ

地震直後の安否に息急く電話口能登の訛のおつとりやさし

母死にてわれら孤児《みなしご》若からぬ涙の顔に頷き合へり

平成二十一年〜三十年

携帯電話普及率100%

一斉にポケットまさぐる着信音われにあらねばほのぼの愉し

愛妻の帰れコールか揶揄されて男が消ゆる一人二人と

虎の子のリーマンショックに減り尽くしあつけらかんとこの無一文

秋葉原に辞書を買ひたる店映る通り魔事件の前日われは

メルトダウン・ベント・ベクレル・シーベルト記憶はあざとき面輪に続く

地震予知能力いつか失へり分別沁みゆく時間と共に

千代國一逝去　九十五歳

「歌の化身」と自らを詠む最晩年異類か神か師を喪へり

臆病を消さむと評など書かせしとふ従順ならぬ小童われに

国民文学百周年

「百周年記念号」師の「追悼号」思ひ一つに遺訓はこれか

円周率とふいに紛るるマイナンバー問はれて憮然と窓口に立つ

思はざる夫の衰へ「要支援1」とぞこゑ無く通知書広ぐ

三十年を詠みて瞼を閉づる身に悲哀しづかに四囲より湧きく

平成短歌拾ひ読み——または歌人当てクイズ

高野公彦
Takano Kimihiko

1941年愛媛県生まれ。「コスモス」編集人。82年「ぎんやんま」で第18回短歌研究賞、01年『水苑』で第35回迢空賞を受賞、04年紫綬褒章を受章、15年『流木』で第66回読売文学賞を受賞。朝日歌壇選者。

平成元年
歌人にて医師にて作家たりし人こころの底に〈深んど〉ありき

平成二年
声ほそく身もほそやかな女人にて歌はシリウスの燦《さん》を宿せり

平成三年
赤紙を知る人詠めり君が行かずとも戦争ははじまつてゐる

平成四年
水流にさくら零《ふ》る日よ魚の見る白きさくらはをみなの化身

平成五年
水の香は鳥獣蟲魚を包みゐてその人は森に棲み古《ふ》るけもの

平成六年
悪党の䲢《をこぜ》愛せし一女人《いちによにん》老いたる父をひたに介護す

平成七年
人ひとり乗せて自転車〈海号〉が月夜の海の面《おもて》を行けり

平成八年
頬かむりして歌を書く妻のこと怪しみてまた愛《かな》しみし人

平成九年
連載をまとめた歌集「天泣」に天から賞が降つてきました

平成十年
木になりたいその人、時に木となりて今日は橋となり雲の影過ぐ

平成十一年
「桟橋」の十五年目もわが友ら寄りて楽しむ歌はた酒宴

平成十二年
歌びとは庭となるらし鳳仙花の種を飛ばして子らを呼ぶ庭

平成十三年
力士ゆく本所両国界隈でびんつけ油の香《か》に出会ふ人

平成十四年

受賞式の上山《かみのやま》まで酸素ボンベたづさへ来たる長崎の人

平成十五年

ふうはりと身の九割を風にして夏のうしろを紋白が飛ぶ

平成十六年

はじめての雪みる鴨に降る雪のふりつづく夜を熱燗の人

平成十七年

むらさきの髪うつくしき歌びとを吐魯《トル》番《ファン》の白き葡萄酒が待つ

平戒十八年

踏まれながら花咲かせゐる大葉子よその花咲きて歌びとは亡し

平成十九年

神いくつ和することなき大国にやまとうたもて立ち向かふ人

平成二十年

憂愁を額に浮かべ詠みにけむ〈定型は人を甘えさすもの〉

平成二十一年

春風がすべつてころぶ広大な野の真ん中で種を蒔く人

平成二十二年

間際《まぎは》まで歌詠みし人　葦舟に乗りても歌を詠みつつあらむ

平成二十三年
鈴を産むひばりが籠を去りてのち籠の空虚《うつろ》を見て歌を産む

平成二十四年
湖《うみ》べりにその声凜《りん》と言ひにけむ稚《わか》ければ葭《よし》、闌けゆけば葦《あし》

平成二十五年
蝶の口くるくるすつとしまふ見て薩摩支配を思ひたる人

平成二十六年
遍路した歌びとは言ふ四国路《しこくち》の風には遍路の匂ひあること

平成二十七年
ゆりかごのゆりゆりかごのかたはらに歌を詠みをへ眠りけらしな

平成二十八年
「こんなどごさなんで菫が咲《さ》えだのが」言ひつつ屈む長身の君

平成二十九年
ざまあみろ時は勝手に流れるさと柿生で詠んで長生きした人

平成三十年
甲州の冷たき霧に洗はれてその幹浄《きよ》し広場の孤《ひと》つ樹

平成三十一年
海をゆく水中翼船加速して飛行船となり都市の夜空ゆく

かすていら

黒木三千代
Kuroki Michiyo

1942年大阪府生まれ。「未来」編集委員。NHK学園「短歌友の会」選者。「體と水仙」同人。87年「貴妃の脂」で第30回短歌研究新人賞、95年『クウェート』で第3回ながらみ現代短歌賞を受賞。

平成七年一月十七日　午前五時四十六分阪神淡路大震災

一瞬に平行四辺形になりしとぞトイレにをりし子が驚愕す

電源を入れるテレビに「しづかです。火も見えません」ヘリの男《を》の声

そのうちに報道は

梁、柱、瓦礫の下に生きながら燃えゆく人をひそやかに言ふ

体育館にみ柩の列整然と灘高生の甥が見たる日

三月二十日

叔父の訃に急ぐ昼すぎカーラジオに聞きし霞ヶ関の騒擾

四月五日　母死去　絶え間なき吐き気に耐へてゐる母が点滴をはづしてくれよと迫る

叔父が逝き母が死にたるわが母系うすうすとして流砂なるべし

赤ん坊のわたしを置いて再嫁せし母哀れなり五十三のわれに

平成九年六月　臓器移植法成立

尿蛋白つづく息子の腎ふたつ「無症候性」とはつまり原因不明

同、サカキバラセイト逮捕、十四歳だった

十四の歳《とし》の息子の不機嫌は柔道着提げむぐと出でゆく

息子もきつと闘つてゐた男といふ禍禍しかる性の力と

平成十二年六月十六日　皇太后（香淳皇后）薨去

をられたることも忘れてをりしかばひそやかに降る草生に雨が

平成十三年九月十一日　同時多発テロ

たましひが壊れてしまふWTC《ワートレ》が音なくテレビの中に崩れて

歌つくれとぞ言ひ来たるしんぶんのうつたうしきに味噌汁が噴く

平成十六年五月　拉致被害者の家族が帰国

タラップを降り来るジェンキンスさんの首捲《ま》いてキスせし曽我ひとみさんに驚く

平成十七年四月二十五日　ＪＲ福知山線脱線事故

叱らるる恐怖いつぱいぱんぱんの袋なりしか新米運転士かれ

死者の名がエンド・ロールのごとつづき病院食を叔父はいやがる

日航機御巣鷹山に墜ちし日もかかりき義母に匙を運んで

平成二十年一月　東京、館ヶ丘団地に入居

収集に洩れし辣油《ラーユ》の瓶ひとつゴミ集積所に夕つ陽が来て

二月十二日　叔父が自転車にぶつけられて転倒

ちやりんこは子供の掏摸を言ふ隠語すり抜けてゆく細く鋭く

二月十四日　叔父死去。父代りの叔父だつた

救急搬送されて頭をひらかれて死にたり同意書はそれを諾ふ

平成二十一年二月　約束の前夜、倒れたひと

満ちてくるみづのやうにもくるぶしを腹を不安がさかのぼりくる

改札に見上げつつ待つつつばくろの泥の巣残る　きみは来るべし

カテーテルその血管を遡りゐるころ牛乳を温めゐしわれか

平成二十二年　日航会社更生法適用申請

東京に飛ぶため買ひし日航の株蜉蝣《かげろふ》のごとく消えたり

平成二十三年三月十一日　東日本大震災　京都の自宅にいた

探したと金沢にゐる息子から息せき切つた電話が入る

そのひとは、

やうやうにつながるこゑは地震《なゐ》さなか本箱を押へてゐたんだなんて

三月十二日上京、団地に帰宅

停電に出てみれば月光ほのかにて百鬼夜行に遇ふやうな闇

平成二十八年十月　緊急入院

わたくしを夢と思ひてゐるらしきひとを清拭しつつ風の日

ザラメ糖敷く福砂屋のかすていら胸をはだけて拭ふ甘さは

平成三十年七月十八日　多治見市40・7℃

刺されたる胸を噴き出す血の熱さありありとして午睡より醒む

＊

思ひかへせば滅びの予感ま椿を濡らしてをりし水雪も熄む

いましばらくの

佐藤通雅
Sato Michimasa

1943年岩手県生まれ。個人編集誌「路上」発行。12年『強霜』で第27回詩歌文学館賞を受賞。河北歌壇選者。

一九八九（平成1）年　新元号。

下血の報はつたりと止み画面には墨書の二字が提示されたる

一九九〇（平成2）年　長崎市長右翼に銃撃される。

泥のなかに足がのめりこむ感じなり立ち上がることはしばらく止める

一九九一（平成3）年　イラク戦争。ソ連邦解体。

やがては入試問題となるだらう「イラククルシイ」とおぼえるだらう

一九九二（平成4）年　『チボー家の人々』再読。

名掛丁《なかけちやう》にすがへる男の痩身はジャック・チボーだつた気がする

一九九三（平成5）年　凶作、米騒動広がる。

米所水沢の米屋に並ぶ列そのなかに従姉の後ろ姿も

一九九四（平成6）年　息子交通事故、妻ヘルニア手術、娘気胸手術。

病院の屋上の夜を遠望す拳大ほどの盆の花火を

一九九五（平成7）年　阪神淡路大震災。サリン事件。

「ただいま神戸に地震発生」の報ののち不可思議の闇がテレビを領す

一九九六（平成8）年　山手の団地へ引越す。最後の転勤。娘パリへ渡る。

パリは遠し。とはいへ地球の裏側ゆ昨日と同じ肉声届く

一九九七（平成9）年　タクシー乗車中むち打ち症。名古屋で南吉論を講演。

重い頭かかへながらに名古屋着春日井建氏がヨーと手を上ぐ

一九九八（平成10）年　娘の偵察をかねて、妻とパリ行。

マレ地区の宿を訪ひくれし盟子さんいつしかパリを呼吸する人

一九九九（平成11）年　沖縄行。東海村臨界事故。

原子力は〈事故の起きないうちは〉安全である　〈　〉は声にしない、たれもが

二〇〇〇（平成12）年　永井陽子自裁。

べくべからすずかけ通り去り行きし鼓笛隊はやもどることなし

二〇〇一（平成13）年　高瀬一誌死去。小中英之死去。米同時多発テロ。

巨大ビルに飛機食ひ入りてゆつくりと傾きそむるまでの数秒

二〇〇二（平成14）年　佐藤鬼房死去。

退《の》き方が水際立つとさへ思ふ阿弖流為《アテルイ》の裔句人鬼房

二〇〇三（平成15）年　定年退職。母死去。

わがいのちを産みしいのちは一枚の布かがふりてものいはなくに

二〇〇四（平成16）年　春日井建死去。

首筋の白繃帯の痛々し目礼のみのわかれとなれり（ＮＨＫ全国短歌大会）

二〇〇五（平成17）年　扇畑忠雄死去。全身倦怠と声帯不作動。

静臥するほかなく日数重ぬるは難破船にて漂ふごとし

二〇〇六（平成18）年　独居の叔父死去に伴う後片付けに奔走。

一生分のもの処分するはおどげでねえ事務所、役所を何度もまはる

二〇〇七（平成19）年　菱川善夫死去。

切つ先の鋭さは人を怯えしむ北方の人菱川も去る

二〇〇八（平成20）年　前登志夫死去。上野久雄死去。岩手宮城内陸大地震。

何事の前兆か山は崩落し人の安寧を許すことなし

二〇〇九（平成21）年　冨士田元彦死去。

肉筆の「小津映画論・続」届きたりインクの黒の滲む数枚

二〇一〇（平成22）年　立松和平死去。弟急逝。竹山広死去。井上ひさし死去。玉城徹死去。河野裕子死去。近藤とし子死去。

噫、ひとはゆくつぎつぎとつぎつぎとかひなのばしたれどたれにもとどかぬ

二〇一一（平成23）年　石田比呂志死去。東日本大震災。扇畑利枝死去。『強霜《こはじも》』刊行。辺見じゅん死去。

なぜ死の側に選ばれなかつたのだらうか　不眠のまぶたに広がる茜

二〇一二（平成24）年　大和克子死去。吉本隆明死去。安永蕗子死去。シンポジウム「震災詠を考える」を企画。成瀬有死去。

いわきより駆けつけくれし祐禎氏話は山のやう制限時間《じかん》はとつくに超過

二〇一三（平成25）年　佐藤祐禎死去。『昔話《むがすこ》』刊行。藤井常世死去。久津晃死去。

なにが起きたといふのだらうか　荒浜の海の青い、重い量感

二〇一四（平成26）年　小高賢急逝。シンポジウム「大震災と詩歌」を企画。田井安曇死去。雨宮雅子死去。

予告なしの途中退場はずるい　けれどその手もありだつたかといまに気づく

二〇一五（平成27）年　宮英子死去。

長く長く毛糸繰りきし左手の小指がつひに「ノン」の声上ぐ

二〇一六（平成28）年　全身倦怠と声帯不作動。柏崎驍二死去。前立腺がん発見、治療に入る。

「震災」とは「心災」「身災」でもあると五年の後にやうやくわかる

二〇一七（平成29）年　細井剛死去。『『山西省』論』刊行。『連灯』刊行。
大和類子死去。徳山高明死去。岩田正死去。松平修文死去。

いそぐでないあわてるでないといひきかすいつかは「ゐなくなるほかない」のだけれど

二〇一八（平成30）年　後期高齢者となる。安森敏隆死去。がん消える。

星の子にさよならをいふ　わたくしにいましばらくの時間をください

元気な老人、ならばまだいい元気なだけの老人にならワタシハナリタクナイ

高野公彦 歌人当てクイズの答え

平成元年　上田三四二
平成二年　水原紫苑
平成三年　塚本邦雄
平成四年　小島ゆかり
平成五年　前 登志夫
平成六年　馬場あき子
平成七年　伊藤一彦
平成八年　永田和宏
平成九年　高野公彦
平成十年　渡辺松男
平成十一年　「棧橋」同人たち
平成十二年　吉川宏志
平成十三年　小高 賢
平成十四年　竹山 広
平成十五年　栗木京子
平成十六年　佐佐木幸綱
平成十七年　宮 英子
平成十八年　安立スハル
平成十九年　坂井修一
平成二十年　岡部桂一郎
平成二十一年　時田則雄
平成二十二年　河野裕子
平成二十三年　光森裕樹
平成二十四年　安永蕗子
平成二十五年　米川千嘉子
平成二十六年　玉井清弘
平成二十七年　大松達知
平成二十八年　柏崎驍二
平成二十九年　岩田 正
平成三十年　三枝浩樹
平成三十一年　穂村 弘

夜の鏡

福島泰樹
Fukushima Yasuki

1943年東京都生まれ。「月光」主宰。早稲田大学文学部卒。歌謡の復権を求めて「短歌絶叫コンサート」を創出、国内外一六〇〇ステージをこなす。歌集に『うたで描くエポック 大正行進曲』等。

六月の雨天をひばりの歌をもて溢れせしめよ若き死者たち　一九八九年

昭和通りを叩く雨音　行軍の若き顔みゆ草生《む》すな君

四月、駿台予備学校「小論文」科の講師就任　一九九〇年

あわれ教師になりたかった夢しかすがに四十七歳　白雲《しらくも》なびけ

近代芸能のメッカ浅草六區「常盤座」、最後の座長を務める　一九九一年

さらば常盤座百年の灯よ！　大正よ、奈落の底を花吹雪せよ

八月、中上健次死去。熊野での葬儀には行かず　一九九二年

裏切って来る度に切る指ならば夜ごと数えてさびし俎板

中井英夫『虚無への供物』プロローグは……　一九九三年

開幕は下谷竜泉黄泉ならずアラビク黄なるあかりを灯す

出雲法恩寺、戦死した叔父の五十回忌法要に参列　一九九四年

歳月の夢の彼方や払暁の　奄美の沖に漂いていいん

八月十五日、詩人阿久根靖夫中国望江路で客死　一九九五年

言葉によるたった一人の蹶起とも思う朱の雲、鳥みだれ落つ

三月、わが母校台東区立坂本小学校創立百年を前に閉校　一九九六年

坊主頭にバリカンの痕　だぶだぶの開襟シャツが突っ立っていた

作家石和鷹、下咽頭癌で死去。六十三歳　一九九七年

若き日の涙はあまく蜜なすをくされ泪となりて歳ふる

ノンフィクション作家佐瀬稔は、私の絶叫ファンだった　一九九八年

「悲しすぎるぞ」野次を飛ばして哭いていたその純情の作家魂

母初江死去。東京大空襲前夜に嫁ぎ、私を育ててくれた　一九九九年

不毛の荒野と化した焼跡　ぼくの手を引いて歩める若き影みゆ

『福島泰樹全歌集』出版記念会司会は、河出書房の名物編集者……　二〇〇〇年

孤独の胸に火の暗澹を抱いていた丸紅飯田御曹司はや

押しかけ兄貴の小中は、会うなり私を呼び捨てた　二〇〇一年

「ヤスキ！」と呼ぶは英之、見上げれば羊雲　君と茂樹なるらむ

秋の陽射し眩しい知覧の旗亭……　二〇〇二年
突如砕け散りたる酒盃ギヤマンの　芙蓉の花に譬えおりしを

メデジン国際詩祭に出演、コロンビア各地で絶叫。貧しい人々に絶句……　二〇〇三年
路面電車の残骸のように立っていたゲートル痩せた足に巻いてた

オカリナ奏者佐山二三夫自室で餓死、四十四歳　二〇〇四年
土笛を吹いて蹲《しゃが》んで売っていた三鷹駅下　コンドルゆかず

「無聊庵」、二階に暗室を新設　二〇〇五年
人体とは時間という万巻のフィルム内蔵再生装置

拳闘の師・バトルホーク風間死去　二〇〇六年
つややかな夜の鏡に笑みて立つ黒いガウンは風間清か

生誕百年を記念し『中原中也　帝都慕情』を刊行　二〇〇七年
少女らの声は聴こえず浅草の興行街に降りしきる雨

早稲田短歌会以来の同志黒田和美死去　二〇〇八年
立ったまま目薬を差す人をまた哀しんでいる羨んでいる

『祖国よ！特攻に散った穴沢少尉の恋』標題命名は辺見じゅん　二〇〇九年
ひとりの影がひとりの影を呼び寄せて縺れ合いつつ果ててゆきにき

立松和平はフクシマ原発事故を体験せずに逝った　二〇一〇年
絶筆となりし良寛、枡の目を田中正造憤然と立つ

若き日の相棒、詩人清水昶逝く　二〇一一年
人生の渚に浮かぶ白い雲　波に呑まれて消えてしもうた

「追憶の風景」（「東京・中日新聞」）連載始まる　二〇一二年
香りよい酒の匂いを漂わせ常住郷太郎わが前に立つ

歌集『焼跡ノ歌』を刊行　二〇一三年
日々に眺めた風景は消え　焼跡に俺に似た児が佇んでいた

芸術新聞社連載「東京、感傷紀行」執筆のため下谷界隈を歩く　二〇一四年
立ち呑みの店は潰えて草むらにあわれコップの破片が光る

早大学費学館闘争五十周年記念版ＣＤ『遙かなる朋へ』リリース　二〇一五年
五分咲きの桜が涙に揺れていたデモ指揮をする俺の瞼に

「うたで描くエポック大正行進曲」（「現代短歌」）三十首連載開始　二〇一六年
監獄で生み落とした児であればボルセヴィチカに育て上げよう

ベルリン詩祭での公演を終え、ザクセンブルグ収容所に案内される　二〇一七年
真白な死灰の上に群れて咲く殺戮の花なれど真白き

第三十歌集『下谷風煙録』特集号（「月光」55号）刊　二〇一八年
御徒町のガードの上を火を散らしいまも省線電車はゆけり

第一歌集『バリケード・一九六六年二月』刊行五十年……　二〇一九年
「根源的敗北を敗北し続けよ！」あわれメットに書き殴りけり

金の月光——記憶の断片から

伊藤一彦
Ito Kazuhiko

1943年宮崎県生まれ。「心の花」選者。「現代短歌・南の会」代表。早稲田大学第一文学部哲学科卒。若山牧水記念文学館長、「牧水研究会」会長。08年『微笑の空』で第42回迢空賞、19年第3回井上靖記念文化賞特別賞を受賞。毎日歌壇選者。

宮崎県木城町の「新しき村」へ。村は七十年の歴史。

「新しき村」に武者小路房子さん訪ねて会ひき九十七なりし

宮崎県立宮崎南高校勤務。四十七歳。

専任のカウンセラーとなり五年目にスイッチバックの難しさ思ふ

創刊は一九七三年。

南《みんなみ》の会その雑誌「梁」の命名は安永蕗子　いよよ四十号

牧水再評価の動き。

大岡信、馬場あき子氏らと牧水を語りあひたり朝日マリオンに九月初めに台風十三号襲来。風速五十八メートル。
五十歳のわれに見よとぞ空中を家の瓦が飛びて行くなり

最期まで自宅で介護した。
新たなる父との出会ひ始まりぬ八十五歳に世去りし父よ

宮崎県立宮崎東高校に転勤。五十二歳。
給食時の会話が大事　単位制高校夜間部カウンセラーは

読売文学賞贈賞式の会場の控室で。
選評に最後の最後まで手を入るる大江健三郎氏の隣にゐたり

北に南に旅行した。五十四歳。
各々の在りし日の歌彫《ゑ》りにける墓をいくつも見し種子島

宮崎県教育研修センターに転勤。五十五歳。
学校を離るることは初めてなり昼は林に春蟬を聴く

福岡県八女郡の星野村へ。
三人の娘と妻と星野村に行きて星見き星も家族ぞ

小紋潤氏の装幀。
クリスマスに『夢の階段』が届きたりパウル・クレーの絵に飾られて

次女と三女が同じ年に結婚。
羨まれゐたり娘三人のみな結婚し家出でたれば

秋田全県短歌大会に行った。

酒の友を北に得たるよ豪快なる秋田男の詩心ある酒

第七回若山牧水賞授賞式で。

恋文を堺雅人が朗読せりラベルのボレロＢＧＭにして

スクールカウンセラーとして宮崎市内の中学校に。六十一歳。

週一のわたしを待つてゐる生徒わたし以外の誰とも話さず

若山牧水記念文学館長になる。六十二歳。

「牧水さん、私《わたし》でいいですか」酒も歌もとても足許にも及ばねど

築地正子氏死去。

死にそびれ生きそびれたると歌ひにし「断念」の人身罷《みまか》りにけり

十冊目の歌集を出版。六十四歳。

兵役を経ずに六十代になりたりと詠める歌あり『微笑の空』に

「心の花」創刊一二〇年。

入会し四十年の「心の花」われを支へてくれし一《いち》の花

母が自宅近くの小規模多機能ホームへ。

詩を書きし少女時代のペンネーム今も大切に九十五の母

宮崎県内で口蹄疫感染が爆発的に拡大。

二十九万七千八百八頭の殺処分されしいのちなりけり

東日本大震災、東電福島原発事故。
自転車の前かごに息子さん乗せて走りゐるなり大口玲子氏

日向市で「牧水・短歌甲子園」。
笹公人、大口玲子、俵万智氏の評に生徒ら固唾呑みたり

ボランティアを始めて十数年。私も高齢者に。七十歳。
高齢者の施設訪ねての短歌会われより若き人もをるなり

瀬戸内海の近接する二つの島へ。
牧水の岩城島、勇の伯方島　百年前といづこ変はりしや

交響詩曲「伊東マンショ」の作詞を担当。
白玉の少年マンショになりかはり歌を詠むとふ幸たまはりぬ

母が深夜に急逝した。
百一年生きたるいのち吾《あ》の中に受け継がれをらむ金の月光

短歌の世界に私を誘ってくれた。
『下谷風煙録』を読みをり若き日の否《いや》いまも若き福島泰樹の

牧水没後九十年、喜志子没後五十年。
牧水と喜志子あらたによみがへる年になさむと樹に凭り思ふ

「短歌は定型音数律を持つアジアの歌文化の一つである」（岡部隆志著『アジア「歌垣」論』）
芽吹き待つ照葉樹林に入りゆけば歌師のごとき巨木のありぬ

あんずの日々、金木犀の日々

三枝昂之
Saigusa Takayuki

1944年山梨県生まれ。「りとむ」発行人。早稲田大学政治経済学部経済学科卒。06年『昭和短歌の精神史』で第56回芸術選奨文部科学大臣賞を受賞、11年紫綬褒章を受章。日経歌壇選者。歌集に『遅速あり』等。

元年6月　天安門事件

最初から廃墟であった青空の人民共和国という夢

同年夏　浅間リゾート、息子に自転車乗りを教える

離すなよ離すなよとくり返す疾うにひとりで漕いでいるのに

2年　息子が千代ヶ丘小学校に入学

手をつなぎ桜の花をくぐりゆくおのこめのこの学びの一歩

3年　学校で「君が代」斉唱論議頻発

横町のおじいさんをも言祝いでよき「君」である「君が代」の「君」は

4年　歌誌「りとむ」創刊

うたびとの病いでもあろうはつ夏の空に飛び立つ青き蝶あり

5年　高血圧の薬服用を始める

てのひらに一錠のせるあめつちの金木犀が散り敷くあした

6年　跡見学園女子大学に通いはじめる

それはそれはしずかに語りかける人　われを誘いし川平ひとし

7年　この夏、病状回復

不惑不惑とわれを苦しめ気まぐれのように去りたる病いありたり

8年　現代歌人集会で山中智恵子氏と公開対談

問うたびに謎が深まる空の人こよなし歌はその生き方は

9年　神奈川新聞夫婦紹介シリーズ「ふたり」

近しさも遠さも多分深まりて庭にあんずが今年も実る

10年　福岡、解体が進む平和台球場を見守る

豊田が打ち中西が打ち大下が打ち神様仏様の稲尾が投げて

11年　国際啄木学会天理大会パネル討論

どこまでが実人生か問い問われ研究の意志、創作の勘

12年4月、母ふじ子死去

玄関にわれを迎えて告げにけり妻と息子が母の他界を

13年　山梨日日新聞寄稿甲州街道四〇〇年

笹子峠大垂水峠なお越えて国を出でゆく甲斐は交《か》いなり

14年　筑波大学学園祭で今野とプリクラを撮る

頬笑んでピースなどしてプリクラはベストカップルのつもりにさせる

15年　長崎、竹山広インタビュー

黒い雨が気持ちよかった　われが忘れ妻が心に刻みし逸話

16年　前登志夫さんと黒滝で螢を楽しむ

本当の闇ありて螢が火を点しわれらはともに川となりたり

17年　NHK短歌、ゲストの澤地久枝さんはリハーサルと気付かなかった

本番であるべきだった　若者に向けた一回限りの叱咤

18年4月　阪神競馬場、未勝利馬レースで万馬券

第四コーナー回りて競いあう群れをわれに応えて抜け出す一騎

19年2月、飯田龍太師逝去

今朝咲きし辛夷の白さ連嶺の雪の厳しさ　龍太身罷る

20年12月　サントリーホール「メサイア」

青空の奥処《おくど》へ昇りつめてゆくソプラノというこいねがう声

21年1月　紅野敏郎先生「生前お別れの会」

心配りの人だった厳しい人だった歌を大切にした人だった

22年　菱川和子氏と新宿で会食
まだ青きわれを知りたるこの人を支えるべしと声が聞こえる

23年　東日本大震災
東京は上り下りの坂の街歩いて歩いて足が教える

24年　愛車ルイガノ禁止令が連れ合いから出る
息子からのプレゼントだし筋トレにもなるし転倒は一度だけだし

25年4月　山梨県立文学館初出勤
いつくしき雪嶺が待つ龍太が待つ洟垂れ小僧の遠き日が待つ

26年　山梨県立文学館村岡花子展
一枚の写真を掲ぐ朝ドラには居ない恩師の佐佐木信綱

27年　関宮の山田風太郎記念館で講話『同日同刻』
一日を一刻を拾いあげてゆくかの戦争を見尽くすために

28年　花巻、イギリス海岸
みちのくの深部へ命のみなもとへなお溯る鮭の群れあり

30年　三枝昂之七十四歳、多摩丘陵のうねりを眺めながら
「知の体力」を説く新書ありああそうだそうなのだ知も体力なのだ

31年　梅がほころびはじめた
一輪が一輪を呼ぶ樹の力花の力に丘は目覚める

思ひは深し

外塚　喬
Tonotsuka Takashi

1944年栃木県生まれ。「朔日」編集発行人。歌集に『喬木』『散録』等。

平成1年（一九八九）　一月八日、上田三四二氏逝く
古木なる木々のあひだを先をゆく影を背負へる上田三四二氏

2年（九〇）　木下利玄生家を訪う
大雨のあとを利玄の生家ゆく吉備路の川の濁れるをみて

3年（九一）　高橋和巳に惹かれる
邪宗との間ひは解けずも『邪宗門』携へてゆく綾部の町を

4年（九二）　コロスの会
今は亡き市原克敏きびしくもわが歌論集に批評くれたり

5年（九三）「形成」解散決まる

創刊にまして解散の難しく人のこころのちりぢりとなる

6年（九四）「朔日」創刊

背負はねばならぬ重みを背負ひたる歌莫迦を支へてくるる幾人《いくたり》

7年（九五）敦賀発電所を案内される

皓皓《かうかう》とともる原子の火を見るに日本の力となるをうたがはず

8年（九六）『朔日会員　木俣修を読む』刊行

継承を何か形に残さねばと命かけ修の歌に取り組む

9年（九七）四万十にゆく

とほくまた近く聞こゆる足摺の岬を洗ふ白き波音

10年（九八）「日中短歌シンポジウム」北京にて

漢歌とは永久《とは》にまじはることのなき短歌を中国の人とかたりぬ

11年（九九）夏の日の原爆ドーム

死者の影うかぶドームのほど近く生まれて死にてゆく蟬のこゑ

12年（二〇〇〇）雪の高村山荘

童女《わらはめ》のやうな智恵子を光太郎胸にあたためてゐし山荘に

13年（〇一）五十六歳にて希望退職

見さかひのなき行動と嘲弄をする人はせよ覚悟して去る

14年（〇二）　三徳山、投入堂

体力の衰へを気力に頼りつつ登れば空に少し近づく

15年（〇三）「朔日」十周年

十年の節目を人に祝はれて踏みいだす一歩また一歩また

16年（〇四）二十年を共に過ごした猫の死にあう

かすがひとなりたるは猫　わが膝の上にて命果てたり終《つひ》に

17年（〇五）『インクの匂い』刊行

思ひの丈を嘘いつはりもなく書けばうとまるることあり幾たびか

18年（〇六）木俣修生誕一〇〇年の会

かりたてるものに応へる師とあれば『昭和短歌史』のなかに入りゆく

19年（〇七）宮柊二生誕の地を訪れる

魚沼の雪ふめば雪のあたたかく柊二の一首思ひださるる

20年（〇八）「木俣修研究」創刊

書いておかねばならぬこと書く宗匠にあらねばなほさら修のことを

21年（〇九）松島に行く機会を得る

牛タンを先づは食してみちのくに芭蕉の影を踏みつつぞゆく

22年（一〇）母アキ逝く、享年九十七歳

たましひはわが母ならずうつつにも夢にも見せてくれぬ笑顔を

23年（一一）　計画停電

国難といはれながらも煌煌《くわうくわう》といかなるときも基地に灯《ひ》ともる

24年（一二）　たびたび帰郷す

奥座敷ひんやりとして今年から父とならびて母のうつしゑ

25年（一三）　「朔日」二十周年

歳月は歌の歴史にあらざればこころしてまた歌を詠みつぐ

26年（一四）　小高賢氏の死

誰にとつても好《い》い奴だつた　好《い》い奴は誰よりも早く死んではならぬ

27年（一五）　人生初めての入院

不意の死はなきにしもあらず七十歳《ななじふ》の嶮《けは》しき坂をやうやくに越ゆ

28年（一六）　鬼ノ城に鬼に会いに行く

わがうちに鬼の棲めれば鬼に会ひたくなりて吉備の山中に入る

29年（一七）　運転免許証返上す

頼れるはわが足となる自転車にわづかな路面の凹凸を知る

30年（一八）　妻の入院

長年の同志の妻のたふれるに一人分の飯《めし》を炊きひとり食事す

31年（二〇一九）　後期高齢者になる

平成も終りにならうが生きゆくに何ひとつ変はることはあるまい

ホモ・サピエンス

大島史洋
Oshima Shiyo

1944年岐阜県生まれ。「未来」選者・編集委員。早稲田大学大学院国語学専攻修士課程修了。06年「賞味期限」で第42回短歌研究賞、16年『ふくろう』で第50回迢空賞を受賞。

三十年前の平成元年と言われて思い出す上田三四二の死

平成となりしは一月八日にてその日に死にたり上田三四二は

平成の初頭に起きし社会不安　昭和の戦後の破綻するとき

上田三四二死後半年を経て河野愛子死せり平成元年

ショスタコに背中を押された人生だ　思想ってなんだと言うときが来た

佐太郎の歌を思うに若くして荷物となりし酒の人生

七十を過ぎて楽しむ酒の味知る人ぞ知る『天眼』の日々

わが病を気づかい遠く来てくれし息子を思う夜半の湯舟に

院内にひびく数多の音ありて機器の発する音のやさしさ

雨脚の強くなりたる窓を見てイートインコーナーに所在なき吾

再びを調べつつ書く楽しさを吾に給えな越えるべき日々

病院の裏方の人たちさまざまに今日は酸素システムの点検とぞ

酸素システムの点検はわが為にありし術後の部屋に沸き立つ酸素

屋上の展望デッキに眺めおり遠くに見ゆる幕張メッセのビル群

病院の朝のベッドに聞いている消えない花火が欲しいという歌

高齢者の孤立を防ぐ支援とぞローカルニュースつつましきかな

恵那山の写真を机の上に立てそうなんだもう五十年は過ぎた

みずからに痴呆を予感し探しいる昨夜と同じ資料の束を

ぼろぼろの人生もう終わりだ　なんて嬉しそうに笑うなよ　君

台風による近大マグロの被害額一億円と聞く深夜のニュースに

朝の陽の明るきなかにひろげたるノートの白さ目を射す白さ

朝早くテレビに見ている「小さな旅」涙の出ずるごとき世界ぞ

アワビ漁で一攫千金をねらうとぞ八十二歳の漁師の笑い

六十年素潜りを続け手にするは愛用の白きノミ一本

巨大アワビは岩場の陰の闇に居る　次々に採ってくる大きなアワビ

テニスコート古りて近ごろ人を見ず、と書ける手の甲の上に蚊

一歩及ばぬその悔しさに消えし人　夜半に思えば、古いなあ君

ある日、本がまっぴらごめんと逃げ去った、そんな感じに見つからぬ本

思うべし誰にもわからぬ終末を迎えつつあるホモ・サピエンス

暗闇の中に聞きいる朝のニュース生きたければみずからに守れ、と

仕舞湯の妻はごりごり音をたて洗いいるなり怒れるごとし

何処《いずこ》へのわすれもの

小嵐九八郎
Koarashi Kuhachiro

1944年秋田県生まれ。早稲田大学政経学部卒。作家。94年『刑務所ものがたり』で第16回吉川英治文学新人賞を受賞。歌集に『叙事がりらや小唄』『明日も迷鳥』。

二〇一八年七月の酷暑の日、「短歌研究」の國兼秀二氏より、「平成史をどう生きたのか」旨の査問に似た歌の注文あり。惚け老人は、嬉し、恥ずかし……なにより惑い。

二十から騙《かた》りが職でそうならば歌へと籠めよ鍛えた嘘を

ええかっこ我の天皇制は騒ぎだす外れ馬券に逃げゆく賞に

元号はささくれの詩を呼び醒ます獄の願箋《がんせん》西暦で拒まれ

我が歌を預けて揺らす猫じゃらし与太《よた》の詩と知り猫も尻向け

バブルの真最中の一九八九年、改元。煮つまった大ごとが次から次へと起きた。

昭和史の戦《いくさ》か否《いな》かの置き土産琵琶湖の嵩《かさ》の血を吐きながら

平成は朧《おぼろ》のままに「駄《だ》あ、九八。こん竈《かまど》消し」……母は逝きたり

敷布には母の遺したクレヨン画田んぼの畦《あぜ》に蕗《ふき》の薹《とう》だよ

死後三日つづけて母は額《ぬか》たたく不幸息子を叱り足りずに

また出てと言うても出ない亡き母は可憐な反省し過ぎか息子

惚《ぼ》け回りどちらが辛《つら》いか忘れたなひばりの喘《あえ》ぎ天安門の哭き

叛乱を歌は拒むか愛国はとんぼの譬喩《ひゆ》を天安門に埋め

ひばり逝き三日後鬱《うつ》へと妻沈み薬より効く夫《つま》の『佐渡情話』

やるでなあベルリンの壁崩すなど素手の力で運動靴で

ゆっくりとレーニン像はやがてすぐ首から壊れ……ま、ま、待ちんしゃい

濡れそぼつ街の中にて「終わりね」と見知らぬ女《おみな》が赤い傘くれ

好い加減な歴史観が更にもっと駄目となり、それ以後の時やことがこんぐらかる。
が、おおむね、一九九〇年から十年ばかりの間。

忘れまい『悪魔の詩』の翻訳者五十嵐一日本にて処刑

あれよあれバブルは弾け餓死者出ず痩せゆくものは魂ばかり

「読売」にりえの繁みの『Santa Fe《サンタフェ》』の写真が載りて現《げん》は夢超え

この頃だ教祖の尻の八百長の跳ぶが通じる時世《ときよ》がきてた

易《やす》きポアはオウムの癖かしかし待てナザレ派もまた異端……蹲《うずくま》る

元号では何年か、一九九六年凍てる日、当方の小説を巡り、目を菱型にどかどか〝絶筆〟を求めにきた。

「革命を娯楽作家は書いちゃあかん」すげえ奇説をかつての仲間が

釜の飯《めし》半生食った仲なれば共犯ゆえにどこへ行こうか

奇説じゃねど小説への舐《な》めサベツだど……しんしん雪のふるさとへ帰ろ

二〇〇一年九月、アメリカで同時多発テロリズム。その日、夜十時、帰宅してTVの画面をアニメと早とちりした。

新世紀に似合いてぎょっ先端のNYビルはへし折られたり

イスラムを問いつづけて吐息つく〝絶対〟への畏れ我ら失くして

二〇一一年、大震災と原発〝事故〟。

着替えたいでもできねえわ白い服二次下請けの原発仕事の

そして、それから幾年か過ぎ、二〇一八年八月の現の現、惚けると見えてくるものがあり、新鮮。
それでいくと、世界は重い病、日本は真っ先の滅び……のような。

カクメイは指の先からITでつるつる感じ直《じか》なき他者が

若者とほっそり妊婦が追い抜きてスマホ片手に〝優先席〟に

昼の二時聞こえる嘲《わら》いプラゴミの「地球は火事よ。あたいそのうち」

明日くると風と指切りしちまって風ぐるま手に二階の窓へ

時世《ときよ》ちゅう渡し舟かよ乗り遅れ先ゆく人に別れも言えず

時は韋駄天

久々湊盈子
Kukuminato Eiko

1945年上海市生まれ。「合歓」編集発行人。01年『あらばしり』で第11回河野愛子賞を受賞。

平成元年　長女大学入学。長男高校入学

受験生二人に春がやっと来てテレビ解禁マンガ解禁

平成二年　第3歌集『家族』出版　舅90歳にて句集『裸木』出版（現代俳句協会大賞受賞）

アメリカ楓《ふう》、いろはかえでに落羽松《らくうしょう》それぞれの秋を色づきてゆく

平成三年　長女成人式　松戸に新築、転居

弾丸黒子《だんがんこくし》の土地であれども頭《ず》を垂れて上棟式の御祓いを受く

平成四年　長男大学入学　「合歓」創刊

立教ボーイって柄じゃないけど新しい背広をせめて買ってやりたり

平成五年　『安永蕗子の歌』出版　8年間植物状態だった姑が昇天する（88歳）

枕頭にパスカルがあり聖書あり八年病みて神に召されき

平成六年　6月、生地上海を訪れる

上海はもういにしえの魔都ならず槐の白い花が散りいき

平成七年　50歳　自動車免許取得　神戸大地震　サリン事件

一本前の電車に娘が乗っていた死とすれすれの日常である

平成八年　第4歌集『射干』出版　長女結婚

お転婆な昔にもどりムコ殿の四輪駆動乗り回したり

平成九年　父母の33回忌で長崎に行く

龍馬道のぼる途中の菩提寺に竹線香と花を持ちゆく

平成十年　結婚30年　舅98歳

幼子のごと叱咤して歩かせる歩くというは生くることなり

平成十一年　娘に長男生まれる　息子結婚

毛布にくるまり婚近き息子と見上げたる流星群を忘れずおかん

平成十二年　舅100歳　第5歌集『あらばしり』出版　夫定年退職

碁会所に集いてくるはやさぐれの面々なれど老いにやさしき

平成十三年　介護保険発足　息子転職

雲照らう六本木ヒルズそういえば息子の職場見たこともなし

平成十四年　舅昇天102歳　遺産問題紛糾　娘に長女生まれる

〈夢はただ藪を抜けんとする牡鹿〉最後まで洒脱でありし舅《ちち》昇天す

平成十五年　息子に長男生まれる

一人ずつ家族が増えてゆきますと昔馴染の月に告げたり

平成十六年　第6歌集『紅雨』出版　「個性」終刊　「合歓」季刊に

人間の裏と表を見てしまうひとつ結社のほぐれゆくとき

平成十七年　還暦　「読売新聞」にエッセイ「家族の風景」7回連載

わたくしの思い出の中だけにいる家族を夜行列車の窓に呼びだす

平成十八年　息子に次男生まれる　毎年6月は沖縄へ行く

ひとすじに南へ伸びる航雲を目に追いて立つ　明日は沖縄

平成十九年　第7歌集『鬼龍子』出版　国民文化祭で徳島へ

榊一本手向けて友の墓を去る四国三郎あおく見放《みさ》けて

平成二十年　この年より「8・15を語る歌人の会」の司会

六十からの時間は韋駄天走りにてこの手をこぼれてゆきし誰かれ

平成二十一年　息子に三男生まれる　ふじ丸にて韓国へ　インタビュー集『歌の架橋』出版

敦賀から釜山へ総勢二十名さざめきあえり洋上短歌教室

平成二十二年　五島へ　65歳年金受給

たった四年ＯＬしたるご褒美に雀の涙が振り込まれくる

平成二十三年　姉の看病で名古屋、東京を往復する

蟹のごと横這いをして転移せる姉の膨れし脾腹をさする

平成二十四年　第8歌集『風羅集』出版　俳人で時代小説も書いていた姉大腸癌にて死す

姉の無きこの世となりて俳句にも潜伏キリシタンにも興味失せたり

平成二十五年　スペインへ　サグラダファミリアに行く

青空へ高く伸びゆくカテドラル情緒過多なるまなこに見上ぐ

平成二十六年　ダイヤモンドプリンセス号で樺太へ　寄港地釧路にて塘路湖からカヌーで9キロ下る

オジロワシ悠然とわれらを見下ろせり拙くカヌーあやつりゆくを

平成二十七年　古稀　「合歓」70号記念祝賀会　インタビュー集『歌の架橋』II出版

花言葉は「歓喜と夢想」合歓の木は水辺にあえかな花を開きぬ

平成二十八年　夫が三食作ってくれるようになってもう長い

朝プールに出でゆきしあと起きだして夫の作りし味噌汁を飲む

平成二十九年　第9歌集『世界黄昏』出版　息子の長男、次男ともに吹奏楽部員

息子からその子に受け継がれたるトロンボーンの野太き音色

平成三十年　金婚

相並みて眠り継ぎきし歳月のおろそかならず金婚となる

平成三十一年　そろそろ人生の先が見えてきた。自動車の運転ができるのもあと何年か。心して旅を楽しんでおかなくては、と思っている。

旅の夜を濃くするものは窓ちかきせせらぎの音、枕辺の酒

痛くない頭痛

沖ななも
Oki Nanamo

１９４５年茨城県生まれ。「熾」代表。83年『衣裳哲学』で第27回現代歌人協会賞を受賞。「朝日新聞埼玉版」および「埼玉新聞」の短歌欄選者。

平成元年　１９８９年　短歌の定型は求心力にあるという定型論。

「短歌目玉焼き論」なるを連載す求心力を己にもとめて

平成２年　１９９０年　失業していた時、女性実業家の自伝のゴースト（代筆）をしたことがある。

終戦後起業せしおみなの奮闘のひとつひとつを掘り起こし聞く

平成３年　１９９１年　「メンタルスケッチ」と題して、大宮盆栽村「那舎」で墨蹟展。

折々の心もようのスケッチを託す三十一音の景

平成４年　１９９２年　河出書房新社の企画歌集出版のため写真を撮ることになった。腰まであった髪・・

髪を切るばっさりと切るこんなにも軽くなりしよ柵《しがらみ》断てば

平成5年　1993年　入院中だった加藤克巳先生が外出許可を得て講演を。

入院を口留めされしが聴衆の前で自らしゃべりたり師は

平成6年　1994年　「詞法」を佐藤信弘と共に創刊。

創刊とはなにやらふつふつ心湧き「詞法」か「詞方」か「詞《ことば》」か迷う

平成7年　1995年　小高賢さん、大島史洋さんなどと大宮盆栽村で句会を楽しんだ。

幾人《いくたり》が集まりひねる「五七五」下《しも》の七七から放たれて

平成8年　1996年　京丹後市で「小町ろまん短歌大会」が開催された。

小野小町終焉の地なり丹後なる五十河《いかが》の里にはるばると来つ

平成9年　1997年　各地の古木を巡った歌とエッセイの『樹木巡礼』を上梓。

古い木に会わんと巡るくまぐまのやさしげな木も癖のある木も

平成10年　1998年　98歳だった。

母の姉われの伯母なる刀自逝けりおそらく刀自といえる最後の

平成11年　1999年　佐藤信弘氏脳梗塞で倒れる。

病とはふいにくるもの暗幕のすとんと落ちて目先《さき》をさえぎる

平成12年　2000年　九月二十四日は誕生日、何があったのだろう。

「いよいよ腹を決めねばならぬ」と書いてある九月二十四日の日記に

平成13年　2001年　埼玉県、三富新田に落葉掃きに行く。有機農業をしている人の催し。

大量に抱えた落葉を竹籠にがさっとタテに入れるのがコツ

平成14年　２００２年　3月に母が亡くなった。

桜《はな》の下で霊柩車停まりつかのまを最後の花見との心遣いか

平成15年　２００３年　家を新築した。

手を伸ばせば書棚もテレビも仏壇も窓にも届くミクロコスモス

平成16年　２００４年　「個性」終刊後「熾」創刊。創刊の催しを王子の北とぴあで開催。

「ビギン・ザ・ビギン」歌いだしそうなタイトルに一歩を始む小さき一歩

平成17年　２００５年　大西民子さんの遺した原稿の整理をした。

書庫の隅に積まれていたる原稿を明るいところに出さんと図る

平成18年　２００６年　借地だった小さな土地。

この先を地べたに住める権利とていくつかの書類に印鑑を押す

平成19年　２００７年　四十七年ぶりの中学のクラス会。

童顔の消えて初老のおとこおみな　誰《た》そ彼　彼《か》は誰　こそこそこそこそ

平成20年　２００８年　男友だちが四十二年ぶりに電話をかけてきて。

伏流水のような出会いに銀座まで行けりいかなる変わり様《よう》なる

平成21年　２００９年　姪の明子の結婚式。

洋装も和装も堪能して明子こだわりもなく旧姓を捨つ

平成22年　２０１０年　加藤克巳先生逝去。

九十四年を歌三昧の朝夕になすべきことは為して逝きけん

何か必要《いる》かと問えば歌会をしてくれと歌人魂みせる会員
平成23年　２０１１年　東日本大震災・津波、気仙沼の「熾」会員。

半端者半人前の子ら残し逝くは不本意なりしか父よ
平成24年　２０１２年　父の三十三回忌。

十年を走りつづけて熾烈なし降圧剤を飲むはめになる
平成25年　２０１３年　「熾」創刊十周年記念祝賀会を開催。

雪のなかを小高賢氏は去《い》ねぎわにふと振り返ることなかりしか
平成26年　２０１４年　小高賢さん急逝。

一日に数える四万八千歩明日は帰るという日の気張り
平成27年　２０１５年　何度かに分けて四国巡礼をしている。

こんなにも君の命はつきすすみ生《あ》れむ力はその日を待たず
平成28年　２０１６年　甥の子、優希が予定より早く誕生。

俎板の鯉に情《こころ》を寄せながら腹の底までさぐられている
平成29年　２０１７年　はじめて大腸の検査をした。

聖徳太子の愛犬雪丸ゆるキャラのトートバックになってわが持つ
平成30年　２０１８年　「やまとみちの会」に入ったころから何度か太子ゆかりの地に。

自己診断では閃輝暗点《せんきあんてん》に似たような眼《まなこ》の奥がジュリアナ東京
平成31年　２０１９年　眼の奥が乱反射するような現象がおきた、無痛偏頭痛という言葉も知った。

昭和21年〜昭和30年生まれ

時のささめき

三枝浩樹
Saigusa Hiroki

１９４６年山梨県生まれ。「沃野」代表。16年「二〇一五年夏物語」で第52回短歌研究賞、18年『時禱集』で第22回若山牧水賞、第52回迢空賞を受賞。

平成７年　１月17日阪神淡路大震災発生。大学生だった長男の下宿先は神戸市東灘区岡本。幸いなことに帰省中で難を免れる。数週間後、一緒に被災地に向かう。

大阪を過ぎて次第に増えてくるブルーシートに覆われた屋根

戦場に向かう無蓋車にはあらぬ街の無残が広がりはじむ

揺れの力の駆け抜けし跡　道隔てて半壊倒壊の家屋が続く

散乱する本や食器を片寄せて床に子と座しおにぎりを食う

平成7年　3月20日オウムによる地下鉄サリン事件発生。その朝、柔道の関東大会に出場する生徒を引率して下りの千代田線に乗っていた。開会式後、顧問は各学校に安否の連絡をするようにとの場内アナウンスあり。

何事の起こりしか明らかならねども無事を知らせよと放送のあり

その朝綾瀬《あした》に向かう地下鉄の混み合う中にわれらは居たり

地下鉄サリン事件、無差別テロの朝　上りと下りそれだけの差異

平成10年　windows95が登場し身近なものになったパソコン。初めて買った東芝のダイナブック。

Satellite《サテライト》4000　はじめてのパソコンの弁当箱のようなかわゆさ

ネットサーフィン、ダウンサイジング…覚えはじめ翳りはじめたアップルの味

平成16年　平成生まれの新入生が高校に入学してきた。ここ数年、ゆとり教育への批判が出て、一人一人の主体性を尊重する教育から規律を重んじる知識偏重の教育方針に再び国は舵を切ろうとしていた。そんな中で生徒参加型の授業を学校ではめざしていた。安倍政権下で「改正教育基本法」が成立するのはこの一年後のことである。

新入生は平成生まれ、そうなんだ　昭和ほんのり歴史に沈む

戦中と戦後生まれの教員のことば、文化の届かぬ若さ

〈授業〉から〈受業〉へ、主役はせんせいのままでいいのか　問いて泥みて

オーセンティックって母国語のように話せってことだろ　無理がどうもあるなあ

＊authentic　本物の、自然な、実際の感じの

ＴＴならどうにかすこしやれそうな…　空気がきみたちの中にも見える

＊ＴＴ　（外国人教師と協力して二人でする）ティームティーチング

へたくそでなめらかでない英語、でも話すしかないそんな現場だ

通じないよね、英語でないと　そんな中ひとりふたりだしゃべりはじめる

平成23年　3月11日東日本大震災発生。2年後のオリンピック招致のＩＯＣ総会における首相のスピーチ。
8年の歳月が過ぎて改めて思う津波のこわさ。原発事故処理の想像を絶した困難。

アンダーコントロール…と臆面もなく言いしこと驚き、あきれ、いきどおろしも

「もどる」は少数「もどらぬ」は多数　復旧の目途たたぬまま八年経たる

福島にわが友多し「会津娘」を子と酌みかわす言葉すくなに

平成29年　古稀間近の今もときどき省みることがある。一念ということを。

わからないことばかり増え〈いちねん〉ということ忘れそうな朝なり

足元はまだまだ砂地　七度《ななたび》も七十度《ななじゅったび》も立ちかえる場所

ときどきのかりそめをわが時として初老となりぬ　予後にも似たり

平成30年　2月7日宮崎、第22回若山牧水賞授賞式。

知事さんは声楽好きのバッハ好き凜として柔和そして酒好き

よき笑みの伊藤一彦、貫禄の佐佐木幸綱　ワインを飲めり

公彦はニッカの21年をわれはスコッチを　ウイスキー旨し

一対一が黄金比、　きりっと立ち上がるスモーキーな香と水の旨さと

酒酌まぬ栗木京子のおだやかな笑みと語りも忘れがたしも

青島の浜にひろいて見せ合いし貝殻　妻と子とわれの午後

平成31年　平成最後の春。四月上旬、甲斐の国原はさながら桃源郷になる。敬いて親しき年長の友を花見にさそう歌。

桃の花の見ごろなりとよ四月八日九日十日いずれか来ませ

花めでて会食をするひと日あれただそれだけのために来ませよ

甲州の花の見ごろにまみえんとかねて思いて今もおもえる

兵士詠

安田純生

Yasuda Sumio

１９４７年大阪府生まれ。「白珠」代表。慶應義塾大学大学院修士課程修了。関西短歌雑誌連盟会長。歌集に『蛙声抄』『でで虫の歌』等。

平成元年　新元号

ラジオ聞き新元号の公表を待てり雑誌の再校しつつ

平成二年　文語に関する稿を歌誌に去年より連載

現代の〈文語〉は文語と異なるに気付きて論の方向決まりぬ

平成三年　歌枕論を何篇か執筆

香具山に滝のかかると歌はれし不思議を思ふ地下鉄にゐて

平成四年　初めての本『歌枕試論』刊

わが著書に文脈通らぬところありその箇所またも丁寧に読む

平成五年　『現代短歌のことば』刊

正体のなかなか摑めぬものなるよ我の用ゐる歌のことばは

平成七年　阪神淡路大震災

大地震《おほなゐ》の後《あと》怖がりとなれる身ぞ揺れてをらぬに揺れを感ぜり

わが尻は怖がりの尻　坐しをれば地の揺れざるに揺ると感知す

平成八年　白珠五十周年　発行所を引き受けて十七年

ともかくも五十周年迎ふるまで気張れスミオと言ひ聞かせ来《こ》し

平成九年　五十歳

業績を残さずに来て新たなることできがたき齢となりぬ

平成十年　春、転居

ここに立ち仰げばなかなか良き家と時々そこよりわが新居見る

平成十一年　『歌集の森』刊

枯れ原も花の野もある歌の森　そこに迷ひて出でられぬかな

平成十二年　退職願提出

二割引きなりし便箋とりいだし夜更けに書ける退職願

同年　『歌枕の風景』刊

「地獄谷」「大川」くらゐ　わが歌に近ごろ詠みし地名といへば

平成十三年　三月末日

今日までが専任なれば女子大に来たり　なすべきことはあらねど

平成十四年　第二歌集刊行

やうやくに第二歌集を刊行し「こんなものを」と思はるらむよ

平成十六年　父、病に臥す

ＣＤの雨情作詞の唄聞かす雨情の話よくせし父に

平成十八年　白珠六十周年

会員の減りて雑務も減りて来て結構ですと強がりを言ふ

平成十九年　六十歳

還暦に貰ひし木彫りのがまがへる棒を咥へて半開の口

平成二十年　六十一歳

歌びとの伯父みまかりし齢《とし》となり冬の夕べの空を仰げり

平成二十一年　入院

心臓にステント入りぬ病室の窓をときをり氷雨の打てる

「死にかけた」と言へばジョークと思はれて「嘘と違《ちや》ふ違《ちや》ふ、入院してた」

平成二十三年　東日本大震災

「今、大きく家が揺れてる、揺れてる」とメール届きぬ栃木の友より

平成二十四年　二度目の隠岐
久々に隠岐の牛馬の糞《ふん》踏みぬ雲影《うんえい》のなき秋空のもと

平成二十六年　三度目の隠岐
隠岐に来てまたも牛糞ふみにけり坂くだりつつ　あな、あはれ、はれ、

平成二十七年　脚を病む
脚痛く歩みがたかる身となりぬ鞆の浦より戻り二日後

何か斯《か》う骨がねぢれてゐるごとく医師にいはれぬ脚の痛きを

平成二十八年　数へ年七十
かろやかにシツカクてふ語ひびくなり学者失格、歌人失格

平成二十九年　秋
今年もて非常勤をも辞めむとすわれの授業はおもしろからじ

平成三十年　初冬
旅行することも稀なりもしかしてゆきたきところにゆきえず逝くか

ＨＥＩＳＥＩと打ちしつもりが変換をすれば又もや、ああ「兵士詠」

平成三十一年
平成は短歌のかたちと呟きつ手を擦りながら寒月ながめ

晩夏のひかり

香川ヒサ

Kagawa Hisa

1947年神奈川県生まれ。「好日」同人、「鱧と水仙」発行人。88年「ジェラルミンの都市樹」で第34回角川短歌賞、07年『パースペクティヴ』で第12回若山牧水賞を受賞。

局地的大雨上がる平成をあと幾たびの雨は降りなむ

大地震大雨大風　日本のどこかで何か壊れひと夏

平成は雨で始まりロールパン二十個焼いて外面見てゐた

朝ごとに開くカーテンあらがねの鉄でも開くカーテンならば

ベルリンの壁崩壊しその欠片売る人買ふ人ある驚かず

どのやうな出来事もすぐ消費してテレビは流る途切れることなく

老若男女見てゐたテレビに二ヶ月間オウム真理教事件番組

ピッチサービス始めし会社にＰＨＳ持たさる社員家族全員

次つぎに情報通信機器替へつ　脱皮せぬ蛇生きられぬとぞ

パンのみに生きたくたつて生きられぬ人なりスマホ握つて眠る

ＰＨＳそのやうなもの溜まりつつダンボール運ばる平成を

ハンブルグ札幌舞鶴大阪に住む四人が会ふ日本の正月

ブレナム宮の空の広さに思ふ子ら天井低き団地に育てき

国策によりて破綻す　日本長期信用銀行　子の勤務先

札幌の支店にゐる子へ好況のベルリンで買ふゴアテックスハット

金融の大改革後の大不況　透きとほつた悪平成覆ふ

ミレニアム・バグに備ふと元旦を発電所に待機してをり夫は

ブラック・アウトせずに済みにし街の灯が機窓に見えて着陸始む

なんとなく見てゐる九時のニュースにてビルに飛び込む旅客機を見た

それからが二十一世紀　たまかぎる二十世紀にもう戻れない

グローバル社会は見栄えが命にてテレビ映りよき戦争を見る

全世界恐怖に落とし最高のプレゼンだつたあのテロ事件

一極化したる世界のアレルギー反応か地球にテロが続けり

EUが現実となる新しきユーロ紙幣を財布に入れて

釣銭の5セント2セント1セント銅貨が財布に重くなる旅

「ケルトの虎」アイルランドで目撃す日経平均続落の頃

大正十二年に生まれた母と見た三月十一日のテレビを

新刊の歌集を読めば言葉みな二〇一八年へ漂着せしもの

日本の風景なつかし日本の自然は悠久不変ならねば

少年と少女になりし幼児の去りて晩夏のひかり眩しも

平成の後のそのまた後の御代終はつても続く二十一世紀

引き算の時間

永田和宏
Nagata Kazuhiro

1947年滋賀県生まれ。「塔」前主宰。細胞生物学者、京都産業大学タンパク質動態研究所長、京都大学名誉教授。04年『風位』で第38回迢空賞を受賞。04年宮中歌会始選者、09年紫綬褒章受章、13年『歌に私は泣くだらう』で第29回講談社エッセイ賞を受賞。朝日歌壇選者。

平成十二年（２０００）九月、河野裕子に乳癌見つかる、十月、左乳房温存手術

風呂場から出てきて不意に触つてと左の乳房に手を導けり

何といふ顔してわれを見るものか私はここよ吊り橋ぢやない　河野裕子『日付のある歌』

「何といふ顔」もて歩む九年後の春日通りをあの日のやうに

抱きしめてきみと一緒に泣くことがなぜできなかつたか手術前日

形よき乳房なりしが……　組織皿《バット》のうへの肉片見つつ説明を受く

ああ寒いわたしの左側に居てほしい暖かな体、もたれるために　河野裕子『日付のある歌』
ゐてほしいあなたの左にゐなかつたそれがあなたを狂はせたのか

平成十三年（2001）　河野裕子が精神の平衡を崩し、家族も河野自身もその攻撃性を持て余す
己が言葉に己れがさらに傷ついて倒れるまでを責めやまざりき
不用意なわが歌がきみを傷つけし我らが修羅のそを抹消す
いちにんの女性への呪詛　さあれども吾を疑ひしことときみになき
逃げてゐたただ逃げてゐた吾をなじり嗔《いか》る言葉の果てしなき夜を
置いてきぼりの不安から来る瞋りだと今ならわかる　今ならば…、だが

乳癌に触れた部分を削除した別ヴァージョンの歌集『歩く』を、河野の母親のために三冊だけ作つてもらふ
たつた三冊の歌集『歩く』を思ふなり誰も見ることなかりし三冊

平成十四年（2002）　ポルトガル・リスボンよりフランス・ブルゴーニュ
ファド聴きて出づる深夜のリスボンの町に腕組み歩きたること
強いて誘へば歩みはかなくつききたるボーヌの村の村はづれまで

術後半年きみをむりやり連れ出してなんてはかなく小さな妻だ
天竺《てんぢく》に行くよときみがよろこびし天竺の陽と埃と汗と
平成十五年（2003）インド・バンガローレ　力車に乗つたばかりに危ふい場所に連れ込まれた

危なかつたと知らざるきみは陽気にて力車《りきしや》の男の横顔を言ふ
平成十六年（2004）十月、秋田・黒湯温泉に。初めての旅のための旅
二人だけの時間のためのはじめての旅なり象潟に合歓を見ずとも
源泉の、混浴のそして露天湯の　真夜ひつそりとあなたと私
平成十七年（2005）六月にオーストラリア、ケアンズ。十二月にハワイ島

行くのなら遠出をしようと連れ出しぬ　ケアンズ、ハワイ明るさがいい
大笑ひしてゐるきみがきみらしい　サンタクロースの海水パンツ
平成十八年（2006）『河野裕子が語る　私の会った人々』（「歌壇」）連載第二回は「永日和宏」

愛情のすべてをかけた人と言ふその断言が浮かない不思議
一日でも永田を長生きさせたいと確かに言つてゐたではないか

平成十九年（２００７）　六月、イタリア出張の合間に、スイス・コモ湖で、
NHK学園「河野裕子と行く北イタリア・スイスの旅」の一行と合流

「さくらさくら」歌ひしなかにきみもゐてコモ湖のホテル女性が元気

返礼に「ジェリコ」を歌ひくれたりしサクラメント聖歌隊混声合唱

平成二十年（２００８）　京都新聞紙上で河野との連載「京都歌枕」スタート、がん再発転移

引き算の時間の〈いま〉をふたりして来し浄瑠璃寺四十年を経て

もう二度とここにあなたと来ることはないと巡りぬ連載のため

平成二十一年（２００９）　産経新聞紙上で家族による連載「お茶にしようか」スタート

きみがため我ら家族の書き継ぎし「お茶にしようか」死後も続けり

平成二十二年（２０１０）　八月十二日、河野裕子死去、六十四歳

遺しゆく者らへのそは配慮にて口述筆記を我らに委ねき

きみが書き読むことつひにあらざりし本の幾冊きみが書棚に

白梅に光さしそひすぎゆきし歳月の中にも咲ける白梅　河野裕子　歌会始選者詠（平成二十二年）

白梅にさし添ふ光を詠みし人われのひと世を領してぞひとは

（永田和宏　平成三十一年歌会始選者詠）

＊＊＊

訊くことはつひになかつたほんたうに俺でよかつたのかと訊けなかつたのだ

書架

秋山佐和子
Akiyama Sawako

1947年山梨県生まれ。「玉ゆら」編集発行人。國學院大學卒。03年『歌ひつくさばゆるされむかも』で第1回日本歌人クラブ評論賞、12年第8回平塚らいてう賞を受賞。歌集に『星辰』等。

平成1年（一九八九）日本語教師二年目の初夏

天安門事件の新聞もち来たる留学生らのまなざし厳し

2年（九〇）「日本近代文学館」へ通ふ

「青鞜」の熱気にみづから巻かれゆき胆力を増す三ヶ島葭子

3年（九一）

次郎子太郎子春に巣立ちて何せむに洗濯機冷蔵庫動き止めたり

4年（九二）

兄の死を告ぐれば傍《かた》へに居てくるるパーティー会場の花山多佳子さん

5年（九三）　第二歌集『晩夏の記』刊

当直中に倒れし夫の手術終へ労災申請をと脳外科医言ふ

6年（九四）

おのおのの力に拓け「人」二十周年解散ののちの「白鳥」「滄」「笛」

7年（九五）

草深き夫の官舎へ在り通ひこの世のなべて過ぐるものとす

8年（九六）　歌論集『母音憧憬』刊

宮柊二論精緻なりしと達筆の辺見庸氏の手紙届きぬ

9年（九七）　「国際日本文化研究センター（京都）」にて「書く女―歌人三ヶ島葭子」発表

研究会終へしレストランの胴間声　有象無象は吾を指すらし

10年（九八）　日中短歌シンポジウム（北京）に篠弘、高瀬一誌、石川不二子氏らと参加

中国の春の大地をゆつたりと『牧歌』の歌びと踏みてゆくなり

11年（九九）

夫の職場へ三十分の家求む足腰鍛へむ多摩の丘陵

12年（二〇〇〇）　第三歌集『羊皮紙の花』刊　編著『三ヶ島葭子全創作文集』刊

田井安曇氏と葭子の遺児の倉片みなみ氏の序を巻頭に成りし一冊

13年（〇一）

霊柩車ゆ母の教へし高校の音楽室の百日紅を見き

14年（〇二）『歌ひつくさばゆるされむかも──歌人三ヶ島葭子の生涯』刊

丸善の書架に並ぶと帰宅せし夫が鞄に取りだす吾の著書

15年（〇三）　短歌と評論の季刊誌「玉ゆら」創刊、編集発行人

「笛」を辞し三年目の夏みづ色の晶しき「玉ゆら」創刊号成る

16年（〇四）　山梨日日新聞に『ゆく雲・たけくらべ・大つごもり』の現代語訳連載

クレゾール臭ふまひるの新吉原『たけくらべ』の古き地図を辿れり

17年（〇五）　第四歌集『彩雲』刊　インタビュー「日本芸術院会員・岡野弘彦先生」

するするとましらとなりて熟柿盗る万葉旅行の岡野先生

18年（〇六）

純白の八重のくちなし香にたちて梅雨のあしたの庭にひらきぬ

19年（〇七）「NHKBS短歌スペシャル」に出演

葱の歌の河野裕子をさびしとぞ小高賢いふ神戸の歌会

20年（〇八）第五歌集『茂吉のミュンヘン』刊　第六歌集『半夏生』刊
森岡貞香監修、編集協力『女性短歌評論年表1945〜2001』刊

熱き紅茶にブランデー注ぎ始まりぬ森岡貞香の千夜一夜物語

21年（〇九）『源氏物語』千年紀の明けに

まなうらを青海波の舞かがやけり「紅葉賀」を読む午後の窓辺に

22年（一〇）『女性短歌史年表』編集の佐伯裕子、花山多佳子、今井恵子、西村美佐子、川野里子らと
「今、読み直す戦後短歌」シンポジウムを前年より二〇一二年まで五回開催。

傍流と言はば言ふべしウイメンズプラザに友らと論読み合はす

23年（一一）

大震災のひとつき前に逝きたりし三歳上の姉のこゑ恋ふ

24年（一二）『原阿佐緒　うつし世に女と生れて』刊

ポスターのほほ笑みに誘はれ応募すと「第八回平塚らいてう賞」の壇上に告ぐ

桃の咲く里の足湯にすべらかな両足ひたす十五歳の孫は

25年（一三）　第七歌集『星辰』刊

そのままで十分と言はれ四十四年ともに歩みき仕合せなりき

26年（一四）『少女思ひ出草―三ヶ島葭子著「少女号」の歌と物語』刊

秋空にうすむらさきの花かかぐ木立ダリアはわれの喪の花

27年（一五）

現世《うつしよ》に吾をひきとむるものを問ひ梟の谷もとほりにけり

28年（一六）

裏漉しのかぼちやのポタージュうましとて飲みほしくれしを思ひ慰む

29年（一七）『長夜の眠り―釈迢空の一首鑑賞』刊

海荒るる羽咋の墓前に声を張り「きずつけずあれ」を師の詠みたまふ

30年（一八）　九月三日、九十四歳の岡野弘彦先生、折口信夫六十五年祭を行へり

丸石を祀れる屋敷神のもとわが石仏の眉おぼろなり

31年（一九）　六巡り目の亥年

平成の終わりの夢

佐伯裕子
Saeki Yuko

１９４７年東京都生まれ。「未来」選者。学習院大学文学部卒。92年『未完の手紙』で第２回河野愛子賞、14年『流れ』で第41回日本歌人クラブ賞を受賞。ＮＨＫ短歌de胸キュン選者。

もうすぐ終わるようやく終わるその前に空が泣きたくなるほど静か
裏庭に十薬の花など咲いていていて母は無数のしずく零しぬ
昭和の末はやばや父の逝きしあと母は思い出の地にこだわりぬ
ささやかな地を保たんとする母の負債殖ゆるをいつよりと知らず

三十年を響きつづけて不埒なり紙幣の擦れる音というのは

保証人の怖さを知りしその夏の庭のひまわり丈たかき花

莫大な、といっていいほど夏雲は日傘のうえに湧き上がりたり

自転車を盗まれたのが始まりで唐突にバブル崩壊の渓

眩しみて庭に出でれば誰もいない古きマンションの静かなる老い

深夜電気温水器とぞ平成はタンクを三度とりかえて過ぐ

悲しみが窓に満ちくるようなりと子の万年床に木漏れ日ふりぬ

うさぎみたいに小心な子が育める正義感まぶし責められながら

万年床から子が抜けてくる　平成の終わりの朝の夢のごとくに

時は象《かたち》の変化にあらん少年が中年となりて配る郵便

青空の破片のような水溜まり郵便バイクの子が散らしゆく

欅には豊かに時の流れしよ触《さわ》ればわかる幹の充溢

中庭の真中にいつも立ちていし欅大樹の影につつまる

見上げればまるで夜空だ烏羽玉のくろい葉群を木々はかかげて

義母が死に母が死にまた友も死にみな骨粉になりてしまえり

口中に微かな怒り湧くからに今朝も一個の生たまご呑む

身の内にうねりつづける大津波無差別殺人そして青バエ

頭《こうべ》たれ祈るすがたを美しと或る日は見たり天皇の背に

世界中に散らばる幼き骸のこと苦しく知りてテレビを消しぬ

それでも今日はガラス器に盛る心太《ところてん》こんなに嬉しく食べているのよ

ほんとうは私の髪は白いのよ言えばおどろく女童三人

高層のタワー一基の建ちたるは子ら駆けめぐる草原なりし

さまよえる郵便が宇宙の塵のよう表札ださぬ都市の住みかた

甘やかに人を感傷するこころ取り戻したきものの一つは

このごろ見ない電話ボックス木製の表札、若い夏の日のわたし

子を起こすこえ甲高き歳月のところどころに向日葵の花

平成三十一年。早春

子もわれも生まものだから春の日に繊く無数の傷うきたたす

ほくろ

小池 光
Koike Hikaru

1947年宮城県生まれ。「短歌人」編集委員。東北大学理学部物理学科卒。04年「滴滴集6」他で第40回短歌研究賞、05年『時のめぐりに』で第39回迢空賞を受賞。13年紫綬褒章受章。読売新聞他にて歌壇選者。

親指の付け根に七十年を在《あ》るひとつほくろを撫づることあり

渡良瀬湿地にめらめらあがる野焼きのほのほ妻と見たりしことのおもほゆ

つつじの花ちぎりて花の蜜を吸ふわれはひよどり子あり妻なし

黄金の麦畑のうへ五羽六羽黒からす飛ぶゴッホのごとく

伊奈中央病院三〇二号室窓ぎはのベッドの母にわれは近づく

平成三十年四月二十日この日を限りしづかにも活動をやめし母の心臓

ぬくもりはいまだのこりてなきがらの母の額にわれは手を当つ

百六年十ケ月あまり生き抜きて母のいのちは此処に了《をは》りぬ

わが腕に生える黒毛《くろけ》にいつしかに白毛《しろけ》のまじりはつなつの風

右の手にくすり塗るとき左の手もちゐることの有り難きかも

夏萩の咲きそめし花に来たる蜂しばらくめぐり飛びつつ去りつ

知覧より飛び立ちゆきし吉野善積《よしづみ》少尉父の従兄弟にあればおもひぬ

けふは松平修文の会　行けず　なきがらの母を家にまもりて

長崎産びはの木の実がスーパーに売られてをりて形《なり》うつくしき

それぞれに歳月経たる顔をして通夜につどへるわが従兄弟たち

母生れし明治四十四年は啄木の死の前年ぞふとしもおもふ

いつの日もきつく抱きしめをりたりしパンダのぬひぐるみを柩に入れつ

母が耕す鍬に小石のあたるおとかちりかちりと忘れざらめや

認知症になりて十年余過ぎたりしいまおごそかな母の死顔

明治より四代生きて生き尽せし母よと思《も》へばかなしみはなし

骨壺にはんぶんもなき母の骨　骨の一片まで生き抜きたりし

参謀本部陸地測量部がつくりたる五万分の一の地図うつくしき

二人の子つれて原間井《はらまゐ》豆腐屋の節ちやん来たりあかつきの夢に

ふるさとに節ちやんふたりなつかしむ豆腐屋の節ちやん郷社《がうしや》の節ちやん

マロニエの木が幾本か立ちてゐる駅前広場も平成の景

はつなつのかがやく雲を駅前の喫煙所にてわれ見上げをり

五百羅漢にこんな顔ゐたといふやうな丸顔青年が前の席にすわる

昭和四十年平成三十年をわれ生きていづれおもきや　平成おもし

母の葬をへてしづかなる夕庭に木香薔薇は散りそめにけり

眠らむとしておもひをり裏庭にどくだみの花がしろく灯るを

平成のをはりの春にふとおもふちあきなおみはどこへ行つたか

曇天

花山多佳子
Hanayama Takako

1948年東京都生まれ。「塔」選者。同志社大学文学部卒。07年『木香薔薇』で第18回斎藤茂吉短歌文学賞、11年「雪平鍋」で第47回短歌研究賞を受賞。河北歌壇選者。

1989

おたまじやくしが牛蛙になり或る朝をふとんのうへに跳ねてをりたり

1990　夫、会社を辞める

とつぜんに家居の夫となりにけり電話が鳴ればみな夫がとる

1991　ソ連崩壊

ピオニールのひびきなつかしその昔読みたる『ヴィーチャと学校友だち』

1992　学校で息子刺され救急車で搬送

おかあさんがだいぢやうぶ、だいぢやうぶと言つてる声がいちばん怖かつた

1993
通り隔てて向かひに小学校はあり中ではろくなことが起きない

1994　坂本弁護士一家失踪のことだったのか　サリン事件の前年に聞く
オウムによる犯行ですと訴へるスピーカーの声が流れてゆけり

1995　阪神淡路大震災
ああ、どないしよと裕子さんの声　神戸が燃えてゐる

1996　夫、家を出る
時折りを来る人となる夫なれど息子はいつしよに食事をしない

1997　祖母死す
通夜に来てくれたる市原克敏さん、父その他で「豊後」に飲みたり

1998　息子は柔道部
柔道の試合の応援に来し母ら「やれ」「何やってんだ」と大声で怒鳴る

1999　沼津の母死去
意識ある最後に会ひしはわれのみでありしこと母がかはいさうなり

2000　娘は美大予備校
家ぢゆうに油絵貼られ壁の穴も壁の汚れも見えなくなりぬ

2001　9・11アメリカ同時多発テロ
台風の過ぎたるあとの夕空に虹かかりゐしことを忘れず

２００２

去年むすめがバイトに行きたる小涌園に息子も行けり学費のために

２００３　仙台の実母急逝

一週間前の電話で小泉首相のことなどしきりにしやべりをりしが

２００４

捨てる捨てる捨てる母の居ない家に入りて勝手にわれは

２００５　ムサビ卒展

画家になるといふ人の作品いくつかを見て娘の絵「曇天」を見る

２００６　夫は谷中の住人

「ここ住んでるのね」観光客の声がせり谷中の路地の長屋の前で

２００７　全国大会は和歌山

和歌山行きの夜行バス待つ新宿に暑さとぎれて風ここちよし

２００８

蓄音機に聴きゐしフランク永井死す唄へざりしこの二十三年間

２００９　森岡貞香死去

薔薇の咲く家を訪ひもう一度森岡さんのこゑが聞きたし

２０１０　父死去

父でもなく夫でもなく最後まで父はその父の息子でありき

２０１１
地震による死者は少なし　地震から津波までの三、四十分

２０１２　孫生まれる
生まれたての赤ちゃん抱きて救急車に乗る日赤新生児集中治療室へ

２０１３
カナダに行きし息子に青汁送らんとし英語で何と書くか戸惑ふ

２０１４
母親とはこんなに抱きしめるものなのか驚きながら少し悔やむも

２０１５
一年を痛みとほしたる左手が年末のころにやや改善す

２０１６
去年《こぞ》今年《ことし》白内障の手術してやうやく両目の開《あ》きたるかんじ

２０１７
いくたびか非正規になりいくたびか失業をする息子のゆくすゑ

２０１８
あきちやんは小学校にあがりたりひたすら速しこの六年は

２０１９
四十五・十五・六十三・三十年区切られてをり蒭霊《くさひとがた》は

わたしたくさん年を

池田はるみ
Ikeda Harumi

1948年和歌山県生まれ。「未来」選者・編集委員。85年「白日光」で第28回短歌研究新人賞、98年『妣が国 大阪』で第6回ながらみ現代短歌賞、第23回現代歌人集会賞、02年『ガーゼ』で第12回河野愛子賞を受賞。

平成三十年秋、元年「未来」五月号表紙に見つける

あら「きみに「未来」はない」と落書きが　澄ましてゐるが孫の仕業ね

平成元年

古きふるき浪漫として天皇に雨師をおもへる『夢の記』を読む

平成に入れかはりたるたましひを抱《いだ》いてわれもおろおろとせり

ガソリンを入れる途上に見てをりぬオウムのひとのゆふぐれの舞ひ

どつかんと地面が揺れて叔母も姉もあつといふ間に被災者だつた

大阪の姉は義兄に額《ぬか》づけりそして棺は運ばれゆきぬ

舅《ちち》がいふ「日本にこんな装甲車」サリン撒かれた築地にむかふ

ばうばうと上九一色村にあり戦ひ済んだサティアン見あぐ

大阪はからりと晴れてゐるらしい父母と長兄もう世にをらず

東《ひむがし》に二上山をみることはあらずなりにき法事が済めば

子を産みし聖路加に逝く義妹をどうしやうもなく見守るばかり

おはやうと職場に入つてゆくときの緊張感が好きだつたわたし

元アナが仕切る職場はあかるくて初心のわれはのびのびとせり

若乃花平成十二年・貴乃花平成十五年引退

熱中をした若乃花・貴乃花とうとうたらり引退をせり

一時《いちどき》に婚と留学が来る息子かういふ時は何とかなるの

お母さんになるなつちやんとお父さんになるとふ息子がならびて来たる

この子には何と呼ばれるわたしだらう生まれたばかりの女児を見つめて

平成十九年

白鵬のせり上がりせり上がりくる土俵入り大きな波がゆれるやうだよ

舅《とう》さまも姑《かあ》さまも亡く遠ざかる銀座のデパートあの華やぎも

なんとなう「はるみばあば」と来たる次女　洗はれてゐる苺みるため

おほ皿に盛られたこつぶの苺なりふたりの孫の手の出すはやさ

東京の東のここも液状化あな東北の大地震《おほなゐ》があり

ライオンに肉をやりたる三歳の初体験なりその夜眠らず

掃除機のルンバをたうとう買ひました痛みの添へる腰ともなりて

幼稚園に迎へにゆける三人目この幼稚園も春に卒業

十二月には公開といふパンダの子ピンクの毛並みをテレビに見たり

生前の退位を問へる天皇の　人間宣言より七十一年

ばあばもネ四番目の子だつたのよあなたもさうね抱いてさういふ

歳月の陽ざしはいつしかやはらぎぬわたしたくさん年をとつたの

戦争のなき《日本に》御代として平成の千秋楽を見むとぞおもふ

敗戦の後にわらわら生れきておもしろかつたよ　さう言ひたくて

あなたの歌を

木村雅子
Kimura Masako

１９４８年神奈川県生まれ。「潮音」主宰。『星のかけら』で第４回短歌新聞社第一歌集賞受賞。歌集に『夏つばき』。

十年は一昔といふ三十年ふりかへれば「平成」はわれの半生

おまへらは好きな道ゆけといひし父「潮音」やってくれないかと言ふ晩年

祖母父の後ろ姿を見て育つ短歌ばかりの食卓談議

風呂敷包みつね持ち歩く父なりき電車に座れば広げペンもつ

松島の宿〈一の坊〉　平成八年父の最後となりし全国大会《たいかい》

母扶け「潮音」のことやるがよい夫に言はれ定年前の退職を決む

二十年暮らしし家は他人に譲り母扶けんと鎌倉に来し

亡き母の最後となれる全国大会札幌に全国の友と集ひし

「潮音」を愛する人のためにもと身丈に合はぬものをしよひたり

古くさいことはいへどお守り札八幡宮に納めにゆきぬ

われ部屋に夫は庭木に受けたりき東日本大震災の揺れ

価値観も爆発したり日本中　原子炉建屋を固唾呑み凝視《み》る

「百周年」皆合ことばに準備をし記念号出し祝賀会せり

みちのく興しその意味こめて集ひたる福島に潮音全国大会

夏の川光りつつゆくゆつたりとつね新しき水のいのちに

生徒しか頭になかつた頃ありぬ「潮音」一途の日々もよきかな

去りし人逝きたる人の文《ふみ》を読む未来はやつぱりわからないなあ

輝きて未来のあるを信じゐし文章出づる少し元気に

日にちにあなたを思ふ胸の裡伝はらぬ思ひをもかかへて生きる

まつすぐに向かつた先は夏の海輝きわれをつつみくれたり

うたことば今日授かりに来た社《やしろ》深熱の夏思へとお告げ

あなたならどう生きますか『夕凪の街　桜の国』を読みつつ生きる

自分さへよければいいはあるとして　戦争だけはしてはいけない

被曝しつつなほなほ原発稼働とぞ〝命こそ宝《ぬちどうたから》〟沖縄思ふ

名などなく生きたる証しなどなくもいのちのほとりに立つがよろこび

この先に何かいいことあるかもと思ひて生きむこつこつ生きむ

ふんはりとわたしをつつむ夏の風あなたはあなたをしか生きられぬ

平和な島の沖縄になつてゐるだらうか願ふ未来はまだ未来なり

水穂言ふ「日本的象徴」を学ばんと今日も友らと歌語りあふ

これからのあなたを思ふこれからのわたしを思ふ　季節は秋へ

身のうちに確かにありて輝けるあなたの歌を想ひて眠る

ただひたすらに

春日いづみ
Kasuga Izumi

1949年東京都生まれ。「水甕」副代表。日本女子大学卒。05年『問答雲』で第12回日本歌人クラブ新人賞、19年『塩の行進』で第46回日本歌人クラブ賞を受賞。

元　一月、夫が脊椎カリエスに、七時間に及ぶ大手術

一向に終はらぬ手術待ちをれば画面は告ぐる天皇崩御

2　十二月、ウイーンへの旅　娘十七歳、息子十四歳

貯金崩し学校休ませ連れてゆく外《と》つ国といふを知らせたくて

3　ペンションモーツアルトより子猫を貰ふ。パミーナと名づける

反抗期真つ只中の息子の声が子猫にやさし「お兄ちゃんだよ」

4　八月、イスラエルへ作曲家髙田三郎と典礼聖歌の旅

ゴルゴダの丘にはいたく失望す教派それぞれの築く祭壇

5　五月、受洗
遠くからひそかに近づく気配して捕へられたり白きひかりに

6　九歳の時から育ててくれた養父を看取る、感謝しかない
大樟のやうなる父よ風雨より守りくれたり三十五年を

7　八月、再びイスラエルへ
いつの日かまことの王の入り来ると黄金の門は未だ閉ざされ

8　サン・ピエトロ大聖堂正面祭壇の主日のミサの聖歌隊を務める
につぽんの典礼聖歌を携へて大天蓋に声を響かす

9　創世記から黙示録まで、じつくりと聖書を読み始める
楽園より追放されし人類が死を得たりしを恵みと思ふ

10　演劇集団円に入つた娘、別役実作「ピノッキオ」が初舞台
歌声がやがて近づき登場すウエディングドレスを纏ふ娘が

11　友の住むアトランタへ
空港に働く人らに活気あり肌の色をも誇るがごとく

12　三度イスラエルへ、そしてルルド、ヌベールへ。聖女ベルナデッタの遺体は今もそのまま安置されてゐる
ルルドの水の奇跡知りたる少女期の瞳に見つむベルナデッタを

13　9・11よりも衝撃は私への娘のテロだつた。「水甕」入会
忘れ物思ひ出したといふやうに作り始めぬある日短歌を

14　娘が女児を出産

曾祖母を知りたるわれが祖母となり二百年間を生きる心地す

15　三回目の聖書通読、夜のクラスの奉仕者として働く

おのおのが感想を言ふ　無になつて言葉に耳を傾けてをり

16　夫の率ゐるローマ、パレストリーナ演奏旅行に団員として、マネージャーとして随行。
ミケランジェロの「パレストリーナのピエタ」、レプリカだが

背後よりイエスをしかと抱へゐる老いしマリアは武骨なる手に

17　ソレムのサンピエール修道院へ。グレゴリオ聖歌による聖週間の典礼に与る。第一歌集『問答雲』刊行

コルマールへ足を延ばして見出でたるグリューネヴァルトの「復活の図」

18　夫のバリトンリサイタル、東京オペラシティを満員にする

切符売る、ステーキを焼く、拍手する、何にでもなるわたくしがゐる

19　「赤ちゃんポスト」が熊本の慈恵医大病院に設置され、見にゆく。夫、指揮の本番を前に肩を怪我し手術

左手で指揮する夫に送り込む客席よりのわがエネルギー

20　山荘に鐵《くろがね》のストーヴを購入。これで信濃追分の冬を過ごせる

ストーヴの火入れの儀式に畏みて炎は生《うま》るわれの内にも

21　娘一家葉山へ移り住み一年。第二歌集『アダムの肌色』刊行

煩ひがひとつひとつ解けてゆく波寄するたび貝拾ふたび

22　国際ペン大会京都セミナー、「アジア文化の未来に向けて」クリスティン・ハキム、篠田正浩、佐藤忠男

筋金入りの映画人に挟まれてシンポジウムのコメント苦し

23 辛きことユーモアに変へ歌を成す人間力に圧倒されぬ

この年よりＮＨＫ介護百人一首の選者を務める

24 これまでのすべての学びを注ぎ込む仕事と思ふ武者震ひせり

「聖書　聖書協会共同訳」の翻訳委員及び編集委員に任命される

25 水甕を酒甕に変へしキリストの力も恃まむ行く手思へば

「水甕」創刊百年。イタリアより文芸評論家パオロ・ラガッツィを招く

26 わが心耕しくれし映画なり八十九本のおのもおのもが

「ワレサ　連帯の男」が最後のシナリオ採録となる。第三歌集『八月の耳』刊行

27 編入に向けて数学教へたり孫には怒らず辛抱強く

中一の二学期から不登校だつた孫が転校を決意

28 書庫付きの書斎をやうやく確保せり独りの静かな時間を下さい

築五十年の家を解体、新築、念願の書庫付き書斎を

29 真夜中に月を眺むる西の窓ふさがれゆけり聖夜を前に

西隣の空地に大きな保育園が建つことに

30 手に取りてまづは開かむ幾たびも口に載せたる詩編百五十編

十二月「聖書　聖書協会共同訳」が刊行される。詩編、箴言、コヘレトなどの日本語を担当した。

第四歌集『塩の行進』刊行

31 新たなる道の伸びくる予感せり蛇口より汲むこれは若水

死と夢と

阿木津 英
Akitsu Ei

1950年福岡県生まれ。「八雁」主宰。九州大学文学部哲学科心理学専攻卒。84年『天の鴉片』で第28回現代歌人協会賞および熊日文学賞、03年「巌のちから」で第39回短歌研究賞を受賞。

一九八九年四月

消費税いただきませんと憤りこもる貼紙ありにしレジに

六月、天安門事件。「泣きながらニュース見たよ。休講にしたの」

十年を投獄されし母親が毛沢東をなほ弁護すと

文化破壊の革命といふ歳月に放たれたるがごときを語る

閻小妹よきをみなにてづけづけともの言はれつつ愉しかりにき

一九九〇年三月、「未来」主催シンポジウム「書く女たちのために」打ち合わせのために江原由美子さんと横浜で会う。

セクシャル・ハラスメントつて？　聞きかへす茶房の扉《ドア》に春の日ざしは

一九九一年一月十七日、湾岸戦争勃発

生まれ日に割りこむごとく大活字「戦争」躍る朝刊のうへ

吉祥寺駅前書店

平積みの書を一瞥す蓬髪をとばして麻原彰晃は浮く

武蔵境、木造の安アパートは苦にならね酔ひ泣きしけり石田比呂志は

窓あけて隣の女がわが猫にもの食はすこゑよろしくあらず

床下のコールタールが畳よりのぼれる部屋をわが閉ざし来つ

一九九二年一月、一枚は千円の論文添削を上がる家賃の代《しろ》にとはかる

大雪の泥濘《ぬかるみ》を踏みシェルボーンB棟見遣るここに棲むべし

どん・きほーてはうちむかふべく虚栄的電飾光の界隈をゆく

背けたるわが顔ぐいとTOKYOに対《むか》はしめけり還ると決めて

一九九五年一月十七日、阪神大震災

うつつにてわが生まれ日は歪み曲がり高速道路の構脚崩る

哄笑のごとく燃え上がる町ひとつをののきて見つブラウン管に

一九九六年二月、猫のぱとら死す。

わが猫のぱとらが真つ赤な服を着て生き返る夢あはれまた夢

一九九七年四月、消費税五パーセントにアップ。不況いよいよ深刻。

自動車に背凭れてこずゑあふぎ見つ寄る辺もあらぬもののごとくに

鴉鳴く、野良猫、髪わわけたるホームレス　貧がはみ出す市街《まち》の路上に

宵闇はしづまりにけり水盤に湛へかぐろく雨のとぼしさ

手摑みに銀の魚獲りくちづけて夢の河よりあがり来たれり

一九九九年、「牙」の松屋くにさん死す。

庇はれて護られてわれありにしを受話器は伝ふその終《つひ》のこゑ

二〇〇〇年八月四日、妹死す。

ゆたかなる髪のつむりを抱きこみ幾たびかこゑ吹き入れにけり

二〇〇一年九月十一日、Hollywood好みの一場面《ワン・シーン》にて。

映像の顔宣言す筋書きがあるかのやうな「テロとの戦争」

二〇〇三年三月、イラク攻撃開始。

バグダッドの地獄つたへ来《く》夜よるに繋ぐweb《ウェッブ》にをとめの文は

二〇〇四年、小泉純一郎首相は詭弁を弄して自衛隊をイラクに派遣した。

こんなものいやだと思ふこと多く、ひとりつぶやくごとくに立てり

母、変調をきたす。

食卓はうち拡げたるノートなど椅子にもたれてありき翳りて

二〇一一年二月二十四日、石田比呂志死す。その父のなきがら寝かせし畳にてやや嵩だかき亡骸寝かす

屋根覆ふ白きこぶしのさはさはと揺れてありにき頷ふるごとく

散歩の途中に見つけた借家だった。

ざつぱくの性《さが》にはあれど植物は好きにて庭のあるを喜ぶ

三月十日ふたたび熊本着、没後の整理。マクドナルドの公衆接続でネットに繋ぐ。

つぎつぎに爆発する原子力発電所《ゲンパツ》報じつつ店外明るし子ら声あげて

二〇一三年七月十一日、父死す。施設に入れられた母を、夏休みには連れて帰ってあげるからとなだめるしかなかった。

生木割《さ》かるる歎きを電話に受けて聞くホームより街見下ろしながら

二〇一八年一月九日、母死す。

梨畑を青きひかりの吹きわたり渦巻くときにわが目覚めける

二〇一九年二月二十日、「〈短歌＋映像〉北九州近代の記憶～炭鉱・製鉄・鉄道～」のためのスライドを朝より作成。
明日は小倉にて打ち合わせ。

草莽のよきうたびとをいとほしむかのたましひのつたへたる名ぞ

三つの昔のクロニクル

島田修三
Shimada Shuzo

1950年神奈川県生まれ。「まひる野」運営委員。日本古典文学研究者、愛知淑徳大学学長。08年『東洋の秋』で第6回前川佐美雄賞、11年『蓬歳断想録』で第45回迢空賞を受賞。中日新聞歌壇選者。

平成元年　母いよいよファンキー

遥かなる天安門に血はながれ俺はたらちねに苦しみ今日を終ふ

平成二年　惑はざる年齢に達す

黒沢《くろさは》明の新作やつぱりつまらなし映画館《シネマ》の闇に四十歳《しじふ》となりぬ

平成三年　転職をしきりに考へてゐた

ただ一度会ひし記憶に毎日《まいにち》新聞のあはれ笠井さん雲仙に果つ

平成四年　体重九十キロを超す

なんか変な協会主催の婚礼に桜田淳子見ゆもちろん花嫁

野坂《のさか》参三死に田中角栄《かくえい》あやふきこのごろを脚鍛へをりわがたらちねは

平成五年　母と歩くと息子が遅れた

子に展けむゆくすゑなどは想ひがたい　大江《おほえ》健三郎のくれし手紙ぞあはれ

平成六年　大江健三郎に頼み事をした

鳥籠を提げて警官隊のゆく向かうに甲斐のかきわりの春空《そら》

平成七年　ＴＶのニュースがいよいよドラマよりドラマチック

大阪より帰りしせがれの部屋に流れ　美人、アリラン、ガムラン、ラザニア

平成八年　痩せぎすの大学生の息子、父親は二十キロ余り体重を落とす

吉本《よしもと》隆明の褒めちぎつてゐる『失楽園』うすぎたねえな中年の臀部《しり》は

平成九年　人間は誰でも齢をとる

橋本龍太郎ＴＶにスカシちやつて　太宰《だざい》治ぢやないけど　下駄はいて線路

平成十年　なんかあの兄弟はお高くとまつてら

中央線止まり地下鉄は水に浸る気味わろき夜を江藤淳死す

平成十一年　三省堂『現代短歌大事典』の編集で水道橋にはまめに通つた

職権をみだりに用ふる歓びを弐千円札刷り堪能するらし

平成十二年　あるかなきかの宰相

久米宏のこゑが悲鳴となる刹那あはれ現《うつ》し世に甦《かへ》るＫＡＭＩＫＡＺＥ

平成十三年　九月十一日午後十時、ニュースステーションの開始直後

平成十四年　資本主義が嫌ひな先生だつた

窪田先生逝きてひととせ先生は屹度ビンラディンの肩をもつだろ

平成十五年　虫好きの女を女房にしたのだ

裵勇浚《ペヨンジュン》にこぞつてをばさん華やげる日々を昆虫《むし》にぞ耽溺する人

平成十六年　木浦は最初の朝鮮総督府のあつた街

木浦大学校《モッポデハッキョ》の四月は寒くウィスキー湯割り舐めつつ説くなり『万葉集《まんえふ》』

平成十七年　認知症は他人事ではない

丹羽文雄、丹羽文雄……とのみ際限なく原稿用紙に綴りし人はも

平成十八年　やだなあ、と思ひつつネットから離れられない日々

コート着て縊られむとする映像をＰＣに晒し　こいつらはクヅだ

平成十九年　名古屋の東境界にはヤクザが多いらしい

大学のとなりに拳銃男が立てこもる午後を古典の談義に遊びき

平成二十年　さういふ齢になつたのだ

二月二日二時のゾロ目に孫は生まれ意味のありげに告げ来るその父

平成二十一年　横浜、鎌倉はすでに異郷

はろばろと母の舎利提げ来し鎌倉ここに鎮もれファンキー婆さん

平成二十二年　ガチョーン、ビローン……

他人の死とひと括りに出来ぬ悲しみや谷啓は逝く水流るる秋

平成二十三年　未だにきちんとした言葉が見つからない

信号待ちの車跳ねゐるしばらくを地震《なゐ》と気づかず厄災と知らず

平成二十四年　短歌結社の離合集散はほんたうに虚しい

愛憎のもつれる記憶も凪に沐はれ武川先生死にたまふなり

平成二十五年　もちろん松本隆の作詞もいいのだが

割れたLPの「A LONG VACATION」懐かしく大瀧詠一夢のやうに逝く

平成二十六年　Nとは物理学賞の中村修二のことだ

ノーベル賞受賞者Nの洒落《しやら》くさい日本人論なんぞ聴きたくもなし

平成二十七年　昔の早大古代研究室で最もパワーのある仲間だつた

多系統萎縮症なる十字架を身に喰ひ込ませ西條君斃る

平成二十八年　世界はさながらカフカの長編小説

悪い冗談のやうにトランプを戴くアメリカ濃ゆき靄のなか

平成二十九年　八月二十九日、妻死す。

嬉しきこと待つ表情に俺をおきて独り逝きにき嬉しきことあれよ

平成三十年　腹でも立てないと生き抜けなかつた

燠のごとくこのひととせを在り経ればあはれ平成のお仕舞は近し

平成三十一年　悲しみとともに心に生きる人々

ジャズ組曲ワルツ二番を聴く夕べ三つの昔に過ぎにし人　来よ

雲と丘

渡辺幸一
Watanabe Koichi

1950年福岡県生まれ。「世界樹」主宰。北九州市立大学外国語学部卒。90年イギリスに移住。95年「霧降る国で」で第41回角川短歌賞、97年北九州市民文化賞を受賞。歌集に『霧降る国』『イギリス』等。

一九八九年　外資系証券会社に勤務。

或る人は消え或る人は破産せしバブル景気の顚末を見き

一九九〇年　思い悩んだ末。

障害を持つ吾子のためイギリスへ移り住まむと心定まる

職場はスイス銀行ロンドン支店。

朝なさなテムズに架かる橋渡り金融街へ勤めに出でぬ

一九九一年　短歌を作り始める。

母国語はやさしき泉　たましひの奥処《おくか》に響きわれを慰む

大戦の元捕虜らしき老い人がわれに「Jap」の言葉を投げる
一九九二年　差別を受けることもあった。

詩のごとき英語の財務レポートを書かむとひそかに励みたる日々
一九九三年　財務分析の仕事が増える。

イギリスは雲と丘とが美しき国と気づきぬ幾年か経て
一九九四年　周囲を見渡せば。

明け方に不思議なる夢見しのちに受賞知らせる電話が鳴りぬ
一九九五年　角川短歌賞受賞。

簡潔に書かれてありきゆくりなくわれに届きし解雇通知は
受賞の二週間後、スイス銀行を解雇される。

心と心結ぶよすがに離れ住む障害児吾子へ送る絵手紙
一九九六年　子がケア・ハウスへ移る。

力道山を詠みし一首を時評にて褒めてくれたる塚本邦雄
一九九七年　第一歌集『霧降る国』刊行。

幾つかの批判を交じへわが著書を論ぜし英文記事を読みゆく
一九九九年　日本で出したエッセイ集がタイムズ紙で紹介された。

国々の歌の花の環《わ》作らむと歌誌「世界樹」の編集始む
二〇〇〇年　歌誌「世界樹」創刊。

二〇〇一年　ニューヨークで同時多発テロ。
号外に「KAMIKAZE」の文字太くあり同時多発のテロを伝へて

二〇〇三年　イラク戦争勃発。
ロンドンを埋《うづ》め尽くして「NO WAR」を叫ぶ群衆《くんじゆ》の一人ぞわれも

二〇〇四年　第二歌集『日の丸』刊行。
「渡辺は二河白道《にがびやくだう》をゆく人」と書きし谷川健一忘れず

二〇〇五年　ロンドンで同時多発テロ。
テロありし街区に連帯訴へてユニオン・ジャックの旗を振る人

二〇〇八年　リーマン・ショック。
積もりたる資本の矛盾噴き出でて危機はたちまちわが身に及ぶ

英系銀行を早期退職。
十八年戦ふごとく生き抜きし金融街を去る時が来つ

二〇〇九年　イギリス国籍取得。
国籍を変へたるのちに鬱となり自問が続く〈われは何者〉

二〇一一年　東日本大震災。
地震なき国にて津波の記事を読む後ろめたさに苛まれつつ

二〇一三年　日本で秘密保護法成立。
明らかに異形の国になりゆけり秘密保護法以後の日本は

二〇一四年　熊本で石田比呂志について講演。

いづこにか亡き人の視線感じたり石田短歌を語りゆくとき

スコットランドで独立をめぐる住民投票。

スコットランドに沖縄の歴史重ね見て独立を支持すひそかにわれは

二〇一五年　畏友の沢田英史逝去。

ユーモアに病苦を包み歌ひ来し英史は逝きぬ秋の初めに

二〇一六年　イギリスのEU離脱が決まる。

押し寄する移民をめぐり階級の対立深まりゆくを悲しむ

津久井やまゆり園事件。

「元凶は日本社会の冷たさ」と遠き国にてつぶやくわれは

「憲法を考える歌人のつどい」で講演。

憲法の第九条は宝ぞと言ふため日本へ赴かむとす

二〇一七年　沖縄・辺野古へ行く。

取り囲む警官隊と睨み合ふ座り込みたるゲート前にて

二〇一八年　時々、死期について考える。

無名者としてイギリスに骨埋《うづ》むことを思へば窓を打つ雨

新しき元号意識の隅に置きAnno Domini《アンノドミニ》の国に老いゆく

三十点鐘

歌の通番は平成の年に対応

藤原龍一郎
Fujiwara Ryuichiro

1952年福岡県生まれ。「短歌人」編集人。早稲田大学第一文学部卒。90年に「ラジオ・デイズ」で第33回短歌研究新人賞を受賞。歌集に『ジャダ』『藤原龍一郎歌集・続』。

1
ラジオカーにて新宿をお台場を成田をめぐる平成初日
1月8日

2
三十八歳の新人として受賞してのち四日後にかの子生れたり
第33回短歌研究新人賞受賞。長女かの子誕生。

3
「高田文夫のラジオビバリー昼ズ」ON AIR最中にて湾岸戦争勃発したる
1月17日　湾岸戦争勃発。

4
立川藤志楼放送禁止落語会笑いのめして毒こそ至福
年四回新宿紀伊國屋ホール。

5 流血の北斗晶が神取を倒し横浜アリーナ・坩堝
4月2日　女子プロレス交流戦は終了が24時を超えた。

6 嬰児《みどりご》は水沢に生れ翔平と名づけられしを我は知らざる
7月5日　大谷翔平誕生。

7 有楽町線新富町駅通過してサリン事件を知らず出社す
3月20日

8 激寒の雪中女子プロレス・カウントダウン明けて夕張市のニューイヤー
夕張市ホテル・シューパロ、カウントダウンイベント。

9 夕張の雪舞い落ちる夕暮にあれは黒衣のアンナ・カリーナ
ゆうばり国際冒険ファンタスティック映画祭。

10 マハラジャはシネマライズの銀幕に踊るよ踊る踊るマハラジャ
インド映画「ムトゥー・踊るマハラジャ」の日本公開に携わる。

11 Y2K問題対策委員とし会社に泊まり稲荷寿司食む
大晦日

12 電話機の前にて仙波龍英は斃れていたり　その死の孤絶
4月10日

13 徹夜明けの目には小泉純一郎靖国参拝の映像映る
8月13日

14　1月31日
ホモ・ルーデンス大橋巨泉饒舌にかつ潔癖に議員辞職す

15　4月1日
エイプリルフールならざるエニクスとスクエア合併に仰天したり

16　5月30日　東京優駿
ダービー馬その名はキングカメハメハ「孤独の人」の意とぞ肯く

17　2月8日　ニッポン放送株35％を取得。
ホリエモン・ザ・トリックスター出現し株の魔力で世を惑わすを

18　ニッポン放送からフジテレビジョンに転籍。
リストラの一形式ぞお台場に流され新古今集読むべし

19　ＳＦ作家光瀬龍の宇宙年代記の一篇。
光瀬龍「墓碑銘二〇〇七年」の年となりたり　これが未来か

20　扶桑社に執行役員として出向。
早稲田大学文学部文芸科後輩の壹岐さんに退職勧奨なるをなしたる

21　6月13日
下村槐太「死にたれば人きて大根煮き始む」三沢光晴マットに死せり

22　7月1日付でフジテレビジョン視聴者総合センターに異動。
テレビ局の最底辺の最前線視聴者センター勤務愉しき

23 かにかくに反フジテレビデモありてお台場に日章旗林立
8月21日

24 ARATA改め井浦新が演じたる崇徳上皇に魅かれてやまぬ
大河ドラマ「平清盛」毎週楽しみに見る。

25 藤圭子自死の夏とぞ記しおく青きコーラの壜は砕けて
8月22日

26 「笑っていいとも！グランドフィナーレ」近づきて社内騒然たり、さらばとて
1982年10月から32年続いた。

27 フジテレビ陰謀論は満ちあふれネットは腐海果てなき腐海
視聴者センターにて、連日クレーマーと電話で対話。

28 聖という名をもつゆえに選ばれて殺す男となりたるカオス
7月26日　障がい者施設やまゆり園で大量殺人。

29 ディストピアこそ現実と思い知り悪罵ツイートする夜も昼も
1月末退職　6月15日　ツイッターを始める。

30 オーウェルの『一九八四年』が日常と混濁し溶解し我も溶けるを
こんなひどい時代になるとは思わなかった。

31 平成最後、最後、最後と鳴りやまぬ三十一回目の晩鐘ぞ

歌の謎

今野寿美
Konno Sumi

1952年東京都生まれ。「りとむ」編集人。79年「午後の章」で第25回角川短歌賞、89年『世紀末の桃』で第13回現代短歌女流賞、05年『龍笛』で第1回葛原妙子賞、10年『かへり水』で第37回日本歌人クラブ賞を受賞。15年から宮中歌会始選者。

1
6月
雨の中でも尾瀬は尾瀬わたすげのふふとわかなつそこに始まる

2
ラ・メールの吉原幸子まつ白のパンタロンスーツで自作朗読

3
禅寺丸
念力がゆるんで落ちる柿を見に子の手を引いて王禅寺まで

4
新宿モノリスビル内の都が運営する施設は各部屋に都内の山の名がついてゐた
モノリスのりとむ歌会は雲鳥《くもとり》に始まり月例三島《みたう》となれり

5
鳥彦を日がな追ひかけ巫女《みこ》秋沙《あいさ》そろりみぎはをゆく忘らえず

6　「与謝野晶子の情熱について語ってください」
野村総合研究所での講演　誰も憶えてゐませんやうに

7
震災を詠む迫力は俳句にあり歌の七七わからなくなる

8　後世《ごせ》は猶今生《こんじやう》だにも願はざるわがふところにさくら来てちる　山川登美子
ふところに来て収まりし歌一首それからそこからたどり始めき

9
一太郎とつきあひ始めてぢつこんとなつて今さら離れられない

10　11月「國文學」臨時増刊号「短歌の謎」
「國文學」「解釈と鑑賞」健在でその一隅の短歌は謎なり

11
龍太先生からの大事な一通を文学館に寄贈《をさ》めはしない

12
五月ともなれば逃走願望の『め・じ・か』が跳ねてゐる青葉闇

13　パリ
通説のヴィクトル＝マッセ26晶子滞在まぼろしと知る

14
ありさうであらぬ〈愛〉の語〈あ〉の行の〈あえか〉に始まる「みだれ髪語彙」

15
つくばから千代が丘まで自転車で帰つてくる子の生態は模糊

16
『みだれ髪』初版表紙の横顔の白さよ隣家《となり》の主《あるじ》の賜ふ

17
〈はつなつ〉と〈やうに〉欠かせず『24のキーワードで読む与謝野晶子』に

18
夜を登る檜洞丸《ひのきぼらまる》頂上の夜明けのコーラスはじめの　コルリ

19　「トリスタンとイゾルデ」
ベルリン国立歌劇場公演の最前列に岡井氏を見き

20
「源氏見ざる歌よみは…」その真意　教へ賜ひき久保田淳先生

21　1月『歌のドルフィン』
歌のなかでならくらくら泳げさう大和の国のみぎはの話

22　カルチャーラジオ
「女うたの夜明け」に晶子・登美子ゐて百年こえていま昼さがり

23　12月『山川登美子歌集』

★《くろぼし》と☆《しろぼし》消えても百穂の唐草佳けれ岩波文庫

24　7月『短歌のための文語文法入門』

文法はみな苦手ゆゑ直言を求められつつ敬遠されつつ

25　6月23日　山陰本線の余部鉄橋は一部保存されてゐた

餘部が余部となりコンクリとなりても怖き高さ変はらず

26　10月31日

冗談も言ひき笑ひき喉押さへ祖父母語りき与謝野馨氏

27　1月14日

抑へてもにじむくれなゐ灰桜そのはひざくらまとひつつしむ

28

平成の御所解き模様に添へられて散るともなくてさくらはなびら

29　1月『歌ことば100』

あな・あはれ・はつか・はつなつ・ゆくりなく歌のことばにあくがれ出づる

30

余生とふ時間をすめらみことにも　この心もて結ぶ平成

31

父死去とふお栄の報せ遺されて一七〇年「新・北斎展」

あふたぁ・みっどないと

松平盟子
Matsudaira Meiko

1954年愛知県生まれ。「プチ★モンド」代表。南山大学文学部卒。「明星研究会」。77年「帆を張る父のやうに」で第23回角川短歌賞、90年『プラチナ・ブルース』で第1回河野愛子賞を受賞。

昭和と平成の分岐点に個人的な岐路もあった。どん底を見た。

泡などと嘲笑されし昭和末ひとくみの夫婦別れ、それきり

冷水のシャワーの下に始まれり身震いながら平成に入りし

「平成」のひびき涼しくかろくして　しんぐる・あげいん　生き直そうか

大泣きをすればよかったかキュキュキュキュッとコップを磨き真水飲む夜

自転車を漕ぎつつ坂へさしかかり　あふたぁ・みっどないと　息はあがるが

それまでの短歌結社を退き、小さな歌誌「プチ★モンド」を創刊したのは平成4年春。

子らの記憶泡のようには流せずに原野さまよう春秋だった

心飢えいくら食べても悲しかりし鴨南蛮の脂にまみれ

茫茫と桜吹雪を見ていたり今日生きて仰ぐ薄刃花びら

アドホックな恋ありミドルエイジの友は増えときにセクハラの淵に穢れし

ハラスメント、喫煙ふつうにあった世のされど〈炎上〉だれも知るなく

独りとなった私に状況は新しい世界を用意してくれもした。ワイン、そして文楽――。

憂い顔はみなうらじろし文楽の人形お初、小春、深雪の

黒衣《くろご》なる友と語れり近松《ちかまつ》門左衛門の底深き眼「曽根崎心中」

平成10年春から一年間、「与謝野晶子とパリ」を研究テーマにパリ16区に滞在。国際交流基金には感謝するほかない。

日本去る弥生のその日鳥啼かず魚の目に涙なきままでした

みずみずとホワイトアスパラガス香り式子内親王なにゆえ想う

鳩あそぶモンマルトルの丘に立つ鳩は日本語で苦《く》・苦《く》と啼く鳥

年が明けて平成11年に。欧州では単に1999年。ユーロ導入が1月から始まる。

大雪の夜のミラボー橋人なくて孤独は沁みると芯から笑う

アルジェリアのオレンジ、ノルウェーの鰊漬け、パリは欧州の胃袋である

水飲むたび刻刻とわれ改造され細胞を満たす欧州の水

コソボ紛争と呼ばれる民族間の戦闘は収まらず、3月にNATO軍の空爆開始。

バルカンに硝煙ただよい紛争の死をつぎつぎと眼前へ曝す

ミリ単位のズレ重なりて見失う日本の岸辺霧の中なる

所詮パリは去るべき街なのだが……。帰国は約束だった。3月末、成田空港に着。

浮遊する心繋ぎ得ず地下売り場に「だんご3兄弟」繰り返され

異国めくニッポンにうずくまるわれの何が狂ったか何が壊れたか

不安とは歪《ゆが》むことである　身体と空気が密着せずにいつまで

平成13年1月、厳冬の夜に父逝去。

長患いの父といえども枯木めく父といえども飄逸の人

父の死がにわかに迫り後頭部キーンと響くキーンと涙す

哀しみのさなかに父が鍵ひとつ持ってったらしい、家に入れない

平成15年夏、多摩川にほど近いマンションに転居する。帰国以来、大田区民であるのは変わらないが。長く続いた深い憂鬱が、平成23年の東日本大震災ののち、不思議に収まった。

ふと気付くまでに何年過ぎたろう　あふたぁ・みっどないと　多摩川べりに住む

ある偶然が長い年月を飛び越えて二人の子供を引きよせた。「3・11」のほんの少し前に。

再会は唐突に来て二人子は大人の会話す牡丹雪の日

川が好き水のゆらぎを眼差しが撫でていつしか五十代なかば

両肩のごりごりの凝り還暦をすぎれば永久凍土めくなり

ゆっくりと首を回して納得す岩盤の肩に双葉は萌えず

年並みの巻

内藤 明
Naito AKira

1954年東京都生まれ。「音」発行人。早稲田大学社会科学部教授。14年「ブリッジ」で第50回短歌研究賞、『虚空の橋』で第2回佐藤佐太郎短歌賞、第20回若山牧水賞、19年『薄明の窓』で第53回迢空賞を受賞。

平成1年（一九八九）

今年また沖のブイまで泳ぎ来て遠く浜辺の喧噪を聞く

2年（一九九〇）　神奈川の短大から東京の大学に転職

去る者は追はれゆく者　五年《いつとせ》をともに過ごしし友と語らず

3年（九一）　第一歌集『壺中の空』刊

五、三の姉妹の横に〇歳の子を抱く妻のつば広帽子

4年（九二）

河いくつ横須賀線《スカセン》に越え帰り行く海辺の町のビルの三階

5年（九三）　埼玉へ転居

Jリーグ開幕の年に移り来し入曽《いりそ》は寒き夏の長雨

6年（九四）

過激派と呼ばれて久しき集団と日々対峙する職務にあれば

7年（九五）

大震災、地下鉄サリン　戦争の世紀の次に来るものは何

8年（九六）『海界《うなさか》の雲』『うたの生成・歌のゆくえ』刊

境界の向かうに浮かぶもやもやに触れむとしつつ怠惰に過ぎつ

9年（九七）　逗子海岸通り

三人子《みたりご》の生まれし町に氷食ふふるさと持たぬ午後の家族は

10年（九八）「日中短歌シンポジウム」於北京

建設と破壊が進む街並を喉《のみど》渇きて通り過ぎたり

11年（九九）　東海村臨界事故

ひつそりと膨らんでゆく物の怪をこの列島に飼ひならし来つ

12年（二〇〇〇）　ミレニアム

大予言きのふ果てしか子どもらの明日はルフィの腕の先なる

13年（〇一）

溜まりゆく澱のごときに触れむとす言つてどうすることならねども

14年（〇二）

学生とゼミの合宿に飲む酒の今年は秩父原作印《げんさくじるし》

15年（〇三）　第三歌集『斧と勾玉』刊

ミサイルが目標外し裂けるころ拾はれ猫は家に来たりぬ

16年（〇四）　五十歳

天命を知ることもなく午後九時のジムのマシーンにニュースを眺む

17年（〇五）

資本主義は悪と思へる旧弊の身に潜みゐて諾はざりき

18年（〇六）　夏期集中講義

年々を通ひ来たれる香椎潟坂をのぼれば濃き花の影

19年（〇七）　長女と

写真には父と娘が収まれり二度と来るなきフィレンツェの丘

20年（〇八）　シンポジウム「歌人論再考」於上代文学会

死に絶えし〈作者〉の後に来るものを〈主体〉と呼びて再び殺《あや》む

21年（〇九）

反日と嫌韓のゆくへは分からねど留学生とあそぶ鎌倉

22年（二〇一〇）

精神を鎮める粒が身体の機能を変へることに気付きぬ

23年（一一）東日本大震災

十階の窓の手すりにすがりつきこのまま落ちむと街を見下ろす

24年（一二）

思はぬに母は死にたり　ダンボール十五箱分の矛盾を残し

25年（一三）

晩年の父との一年　語り合ふこともなくなり苺を食ひぬ

26年（一四）ベトナムにて

戦争の記憶を追ひて北、南たどれば恥《やさ》し青春の夢

27年（一五）第五歌集『虚空の橋』刊

再生といふにはあらね繭ごもる言葉をもちて命継ぎなむ

28年（一六）

四十年経ちてわが見る日向灘遥か流るる潮《うしほ》思ほゆ

29年（一七）

ＡＩが人間越ゆる日も近し一人の生と交はることなく

30年（一八）第六歌集『薄明の窓』刊

掲げゆく何もなければてのひらを机上に伏せてしばし目を閉づ

31年（二〇一九）六十五歳

遁世と転生の願ひふたつあり流され来たる歳月の後

休戦中なり（一年一首の三十一年）

栗木京子
Kuriki Kyoko

1954年愛知県生まれ。「塔」選者。京都大学理学部生物物理学科卒。02年「北限」で第38回短歌研究賞、04年『夏のうしろ』で第55回読売文学賞、07年『けむり水晶』で第41回迢空賞を受賞、14年紫綬褒章を受章。「読売新聞」歌壇選者。

風邪の子とココア飲みつつ観てをりぬ氷雨降る日の大葬の礼

「中の会」座談の最中《さなか》ハンカチで鼻血押さへし岡井隆氏

識らざれば鮮《あたら》しかりしモスクワよ解《ほど》かれていま冷たき花に

水泳の苦手なわれは拍手せり十四歳の得し金メダル　（バルセロナオリンピック）

受験終へ痩せし息子は木曽川を越えて朝々中学へ行く

ベランダに鳩よけネット張りながらミスチルの曲くちずさみをり

地震後の無事を知らせる葉書来ぬ電話来ぬ「塔」編集部へと（阪神大震災）

生け捕りにしたる言葉が檻の中にクローンとなりていつか殖えをり

銀行が倒産すると泣く母よ戦後の取付け騒ぎ思ひて

女子大の実作講座で論じ合ふ花柄タイルのやうな恋歌

講堂に「威風堂々」ひびきたり「君が代」歌はず子ら卒業す

丸顔を厚きメイクで引き締めてテレビカメラの前に座りぬ

「バルカンの火」と名付けたるシクラメン窓辺に置きて水を含ます

柿紅葉かがよふ園のベンチにて『海辺のカフカ』膝にひらきぬ

香港に降り立ち時差を正せども十二の数の世界出られず

気胸にて五日入院せしのみに重病説の流れて可笑し

藍色は陽に透くるとき痛ましくわが五十代はや過ぎてゆく

醤油差しより垂れ落つるひとすぢの汚れのごとし今日の疲れは

賞受けし夜におもひをり南島に戦死せし子とその父の墓

清水氏より読売歌壇を引き継ぎて文明選歌読み返すなり

海抜はゼロメートルなり、引つたくり多し、されども足立区が好き

あなたにもさびしい歌が多いねと昼の電話に裕子さん言ひき

東京のわが家に京都の息子より電池届きぬ三月尽日　（東日本大震災）

下町の聖夜にともるスカイツリー少し野暮なる風情を愛す

開園より三十年なり舞浜にアメリカの夢追ひ続け来て

小高氏の葬は雪の日　コンタクトレンズ落として帰り来たりぬ

甥っ子はからりと笑みぬ年収も背丈も新婦の方が上です

センターを取りたいといふ願ひなど兆してフラのレッスン二年目

母の望みかなへてきたる我なるか裏切り者の我かわからず

教科書で習ひし朝鮮戦争はああ今もなほ休戦中なり　（平昌オリンピック）

引き返す猫をりわれは新緑の橋を渡りて見知らぬ岸へ

こころを乗せる

尾崎まゆみ
Ozaki Mayumi

1955年愛媛県生まれ。「玲瓏」選者・編集委員。早稲田大学教育学部国語国文学科卒。91年「微熱海域」で第34回短歌研究新人賞を受賞。神戸新聞文芸短歌選者。歌集に『明媚な闇』『綺麗な指』等。

一九八九　短歌に出会ったのは二年前
うたは訴ふとわたしのくちびるをひらかせてゐる日日の泡たち

一九九〇　国際花と緑の博覧会
らふれしあ硝子のしたに蠱惑的肢体を抒情のやうに晒して

一九九一　一月十七日湾岸戦争　第三十四回 短歌研究新人賞受賞式は十二月
裸木のプレスセンタービルに吹くすこしバブルのまじる北風

一九九二
夏の夜にブスコパンなど処方されファックスが動くさまを見てゐる

一九九三　微熱海域

詰襟のホックはづしてちやりに乗り駅への道をポケベルとゆく

一九九四　ロサンゼルス地震

火の匂ひする誕生日亜米利加の高速道路の毀れた写真

一九九五　阪神淡路大震災

手を洗ふ蛇口のみづのつめたさのひとの命のこのうへもなく

一九九六

生きてゐる感覚がまだ戻らないすこし危ふいことしてみたい

一九九七

携帯とパソコンを買ふメルアドは地震のときに欲しかつたもの

一九九八　酸つぱい月

まだ痛いこころを乗せる言葉あり繊月は金星にちかづく

一九九九

東西線京橋鴫野徳庵へ鴻池新田はその次

二〇〇〇

とりあへず世紀をまたぐ携帯の着信音はサザンの「TSUNAMI」

二〇〇一

その日日にひらいて心散るやうな萩のむらさき息ができない

二〇〇二

母の骨しらしらひかる体幹を鍛へてみたい気持と出会ふ

二〇〇三　真珠鎖骨

籐匣《バスケット》には雉虎猫と猫みるく娘きらりと五月晴れなり

二〇〇四

色眼鏡《サングラス》越しのひかりのハリウッドソフィア・ローレン　ピンヒール跡

二〇〇五　六月塚本邦雄先生逝く

青空に沁みる紫陽花ヴィスコンティ「ヴェニスに死す」のやうな感傷

二〇〇六

はじめての体験はまだ残されてゐてアクセルをゆるく踏みこむ

二〇〇七

新生児室の窓辺に紅梅の雄蕊ふるふる見つめられたり

二〇〇八　時の孔雀

抜き糸のゆらら粉雪ひとすぢの風のしろさは時間の裂け目

二〇〇九　明媚な闇

はるのゆふぐれにしろじろ揺れながらさくらは白い肢体をひらく

二〇一〇　山中智恵子を読む

『紡錘』の三首目にあるをんなとふ感じをまとふ「傘を廻せば」

二〇一一　夏、米口實さんから神戸新聞歌壇を引きつぐ

神戸にはかうべのきもち福島のこころを思ふ投稿のうた

二〇一二　父と弟と最後の家族旅行

明石海峡大橋《パールブリッジ》からの神戸はきれいだと助手席の父の目指すホスピス

二〇一三　奇麗な指

おとうとは父の指先みつめつつ逝くまへの緩いさざなみをいふ

二〇一四

さんぐわつの電車の窓の青いそら葛原妙子読みにゆく午後

二〇一五

せしうむも秘めて五台目パソコンも記憶の淵であれば息づく

二〇一六

肉珠のぷにゆぷにゆが好きだつた膝昨日までゐた猫の感触

二〇一七

たまぼこの街路情景《ストリートビュー》に父の家　更地となりしことは知らない

二〇一八

やはらかく零れてゐよう百日紅わたしの過去がはぢらふやうに

二〇一九

神戸線のりあはせたる人生に目鼻立ちあり見入つてしまふ

ただまぶしくて

中津昌子

Nakatsu Masako

1955年京都府生まれ。「かりん」会員。91年「風は残せり」で第6回短歌現代新人賞、94年『風を残せり』で第20回現代歌人集会賞を受賞。

京都府向日市

裏の田に鳧《けり》の鳴き声響きつつわれにまつわる子どもふたひら

操車場につめたく車輌の音響く夜を子どもに挟まれ眠る

新人賞応募原稿を籠に入れ顔まっすぐに自転車を漕ぐ

阪神大震災

途方もない大きなものがすぐそばを過ぎていったと体が思う

向日市天文館

オリオンの左の足にあるリゲル青白き星を覚えて帰る

遊んでこいと放ちてやればひらひらと息子は春の薄曇りのなか

星を見に出ればふたりの息子来てきみ来て冬の大三角よ

茂吉全集全く読んだ形跡のあらぬに四万五千円を払う

釣りがしたい少年たちをひきつれて日曜は垂れるひとすじの糸

大原野

掘り出して転がしおきし筍にさくらのはながうすくはりつく

アブグレイブその名はわれにも食い入りて水に剪りいる紅の薔薇

藤を見るとうたいたくなる　そう言いし友でありしが歌を離れる

ピアノを売る

運ばれてゆく前に触れる白鍵の黒鍵の膚　つめたいと思う

サッカー練習中に怪我

鼻の骨折れたる息子にあたためるコーンスープにコーンが沈む

平成十九年、アメリカ、メリーランド州ゲイザースバーグに移る。夫と二人

十二本で八ドルの薔薇飾りたり二人の暮らしを始めるために

メープルの葉が落ちてくるベランダで日本からの郵便ひらく

銃乱射事件のあとを一週間続いた半旗が今日から戻る

図書館の窓より見える草はらに少年は眠る大きな犬と

後ろ向きに木陰に座っている人の昨日と同じ大きな帽子

夕べから夜へ流れてゆく球場〈カムデンヤード〉の風に座りて

"Interesting!"が口癖のルイス　長き脚もてあますようにゆったり組んで

紅い薔薇が一本風に飛ばされて陽のなかのフィッツジェラルドの墓

紅葉狩りせぬ秋なれどわが部屋をあかるく染めて一樹立ちたり

平成二十一年、帰国。京都市左京区に住む

アメリカはすでに遠かり聖護院通りにまるく時間がたまる

大文字山に登りぬヴァージニアの山を歩いた靴で上りぬ

左目の、右目の狭くなる視野のなかに濡れいる今晩の月

蘂の先には小さく色が添えられて母が仕上げし椿の塗り絵

この星に七十六億の人ありて落とせば鳴りぬ真昼間の鍵

七年後の大阪万博　冬の陽はただまぶしくてわたしに注ぐ

それでも夏はどこかの橋の上に立ち大文字の火を仰ぐのだろう

襖にはさくらのはな泛くあかつきを天皇皇后歩み去るべし

昭和31年〜昭和40年生まれ

花束とピストル

小島ゆかり
Kojima Yukari

1956年愛知県生まれ。「コスモス」選者・編集委員。早稲田大学日本文学科卒。06年『憂春』で第40回迢空賞、17年紫綬褒章受章、18年「砂いろの陽ざし」で第54回短歌研究賞を受賞。「産経新聞」、「中日新聞」の新聞歌壇選者、短歌甲子園特別審査員。

二人子の母になりたりおほぞらを花びら奔《はし》る三月十四日（平成元年）

上の子は白鳥が好き下の子は黒鳥が好き　黒白《こくびやく》の謎

渡米する夫の飛行機すぐに消えただ夏空の奥を見てをり（平成四年）

流産ののちの心に汀ありさびしきときは裸足で遊ぶ

雪の日の青いランプに栗鼠も来てボルチモアの家族となりぬ（平成五年）

村山総理、顔アップにてJapanese revolution と報じられたり

ポトマックの桜見しことはろばろと過去世のごとし来世のごとし

ご近所の話題となりぬ帰国子女、直子のサイケなショートパンツは（平成七年）

娘らをわれは育み娘らはそれぞれ〈たまごっち〉はぐくむ

酒鬼薔薇聖斗のなかに薔薇ありて日ごと怖れきあかき夕雲

息長《おきなが》にわれは詠みたし武蔵野の木々はおほきくふかく呼吸す

自転車でビラ配りせし朝焼けのせつなさ夕焼けのうつくしさ

鬱病に苦しむ父とその父に苦しむ母と　照り翳る日々

ははうと柞《ははそ》の森に冬が来てまなこ澄みたり鶲《ひたき》も鵙《もず》も

ことだまにみちびかれしか驚きの牧水賞受賞、歌集は『希望』(平成十三年)

みんなみの日向のくにのよろこびの旅を忘れず小高さんと行きし

華やかに悪意を煽るひびきなり「ペンタゴン炎上」言葉燃え立つ

ことば危ふきときこそ古典読むべしと馬場さん言ひき今ならわかる

休みなくただ働きし四十代　認知症ちちに兆すを知らず

下の子の弁当袋につつまれて小さな小さな猫の子来たり(平成十七年)

夏のあさ秋のゆふぐれ冬のよる春の日永《ひなが》にたますけがゐる

リーマン・ショック後の就活に苦しみし若者なりきわが娘らも

電気消しただ一部屋に集まりてニュース見しのみその三月は（平成二十三年）

後戻りできず壊れてゆくやうなこの国のことわが父のこと
無力なるこころとことば寥々《れうれう》と日にいくたびも遠空を見る

認知症十年鬱病三十年　さびしい父の闘ひ終はる（平成二十五年）
歳晩のしんそこ寒き夜々《よるよる》の父亡きわれのおきどころなし
ふるさとの庭の昭和のひきがへるむつつりとをり時の窪みに

しらたまの孫生まれたり孫の歌詠まん大いにけなされながら（平成二十八年）
息子もう忘れた姑《はは》と手をつなぎ　歳月は花束とピストル
ふりあふぐ古木の空は碧玉《あをだま》のやうでゆつくりてのひらひらく

三度目の辞表

坂井修一
Sakai Syuichi

平成三年、十一ヶ月の子供を連れて渡米

春一番砂塵のなかをわがジャンボ胴震ひして地をはなれゆく

恋よりもさびしき片道切符なりさよなら敷島夜の滑走路

につぽんにえうなきわが身たとふればば太平洋を飛ぶあはうどり

ＭＩＴ招聘研究員

バブル崩壊わが給料に無縁なれどけふは朝から舌がつめたい

１９５８年愛媛県生まれ。「かりん」編集人。東京大学教授。06年『アメリカ』で第11回若山牧水賞、10年『望楼の春』で第44回迢空賞、15年『亀のピカソ』で第7回小野市詩歌文学賞を受賞。

ロブ君はロブスター

ロブ君はゆであげられてアニメ顔ほよほよ笑ふ子のクリスマス

モンローとディマジオの恋で盛り上がるリーガル・シーフード　われは帰らな

平成四年、帰国

目には見えぬ頸木がひとつひさかたの祖国を濡らす雨のすきまに

超並列コンピュータの研究開発

メッセージ交はして進むシミュレーション測りつくさむ世界の死まで

平成六年、十万マイルのフライト

時代くだれば世界いよいよ薄つぺらビッグベン黄金《きん》にそびゆるあはれ

“proud man’s contumely”（Hamlet）

極上の食後酒のごと死をおもひひとの侮蔑にわが耐へてをり

平成七年、一ドル七十九円の旅

世界ひれふす薄紙のなかくちびるを〈へ〉の字にむすび福澤諭吉

三度目の辞表を書いてふところへ　澄み果てよわがこころの泉

平成一三年、母校の教授になる

雲や春喧嘩のあとも喧嘩して吹きかへされてただいまの門

プラスマイナス板書まちがへ立ちつくす不惑すぎてもわれ落ちこぼれ

金型はいまも日本の十八番　金型のなか物言はぬことも

“Jealousy is a monster with a green eye” (Othello)

碧眼の〈嫉妬〉が燃やし尽くすためひとの世はあるまた夜が明ける

平成一六年、大学法人化

人件費定率削減最後まで知らせざりしよ霞の国よ

平成二一年、『望楼の春』上梓

いまもなほ改修中の大講堂しづめがたしや昭和の火焔《ほのほ》

平成二五年、研究科長拝命。痛風で倒れる。さらに消化管の手術

会議室「金持ち病！」と笑はるる9Eの靴で杖もて入れば

平成二六年二月一〇日　小高賢死去

目をほそめ「東大つぶせ」と小高賢雪の天窓からわれに告ぐ

一一月　総長選考会議

ダモクレスのつるぎ輝くその真下　われら座らすFive Gods《ごのかみさん》を

平成二七年四月一三日　東大入学式（日本武道館）で式辞

あらたまの春のよき日の若きらよすべての学は迷宮《ラビユリントス》だ

"My love's more ponderous than my tongue." (King Lear)

短歌とは王家の秘伝　舌よりも重きこころを匂ひたたせよ

平成二八年一二月　父、誤嚥性肺炎で倒れる（二首）

認知症母は救急車呼べざりき　われを貫く氷柱《つらら》がひとつ

「延命治療ヲ禁ズ」と遺書は告げてをりそにやすらぎしわれを悲しめ

平成二九年一一月三日　岩田正死去

否定して否定してやつとたちあがるブラームスふかく肯ひしひと

平成三〇年春、ホテルモントレ横浜・随縁亭（結婚三十二周年）

隠し味そつとしのばす料理長松崎英司は浜のうたびと

五月二七日「かりん」四十周年記念祝賀会

四十年平安なきことかなしめよ歌びとはひとりひとりが鈍器

放送倫理・番組向上機構（ＢＰＯ）理事会

「ＢＰＯ死ね」と大書しＦＡＸすこの暗黒はいづこより来や

"Fair is foul, and foul is fair." (Macbeth)

魔女が来る夜ごと昼ごとはてしらず言葉の麻薬飛ぶTwitter

御しがたい心に、御しがたい世界が残った

水盤をたちあがる夜の曼珠沙華平成はわが夢に消ゆる火

みにくき薔薇

水原紫苑
Mizuhara Shion

1959年神奈川県生まれ。早稲田大学大学院仏文科修士課程修了。90年『びあんか』で第34回現代歌人協会賞、17年「極光」で第53回短歌研究賞、18年『えぴすとれー』で第28回紫式部文学賞を受賞。

戰爭と天皇つひにうたひえずむごき蒼穹《さうきゆう》に寄するくちびる

ひさかたの世界とわれの訣別の白にしあれば鳥はこたへよ

雪の夜の一角獸はたれなりし　少年少女ひとみむらさき

ふらんすの須佐之男立ちて不犯なる手に着せくれしわれのローブは

夕星《ゆふづつ》に昇りゆくなり金色《こんじき》の沈黙《しじま》かかよふ處女《をとめ》なる犬

あかねさす狂氣羞《やさ》しくいつはりのちちははに逢ふ鏡の娘

少年犬あくがれいでし垣根にてちひさき虹のかけらみいづる

イチローを見しよりつばさきららかにたれも歩めり黄昏《くわうこん》を知らず

白犬のさくら來たりし七夕ゆ夢とうつつは同じきものを

きみ空に溢れゆくかなきさらぎの河津櫻の契りかなしも

われといふ狂言綺語のうつそみに花ふらしける武悪ただよふ

北戀ふるきみがいのちの極まりをただ花とのみながめたりしや

沖繩戰に死にたる伯父をたましひの父となしけりみごもりののち

ヴェネツィアングラスの紅きネックレス欲りけり生きて親殺しわれ
ははそはの母を奪ひしさくらばな十字架に散り船に散るめり
わが上にひとひらの雲流れざる　母は無限のメタモルフォーズ
ちちのみの父の鼻梁を吹く風のはつかなる青忘らえなくに
天霧《あまぎ》らふ憎しみさあれ父は今大きみづうみ水鳥われは
かぐはしき老いびとならまし春日井建その手にふれしわれを呪ふも
なすな戀　山中智恵子賜ひける扇《あふぎ》ひらけばちしほこぼれ來《く》
搖れつづく庭の椎の木汝《なれ》もまたおそれゐたりやわれらを抱《いだ》き
セシウムの雨に濡れつつさまよへり〈不在の花〉と〈花〉のあはひを

飯舘《いひだて》の牛にいふべき言の葉のあらざりければ詩人に非ず

シールズのシュプレヒコールきよらなれ帯のうちなる死にし子さやぐ

ほろびゆく國の若者うつくしき額《ぬか》もてりけり雲雀棲むべく

日本語を母語となさざる人々の發語にひかるコンビニの傘

よみがへる犬妻われに命じたり遁走せよ永遠を月に委ねよ

いまだ見ぬ邊野古の海の珊瑚らとこよひ交はる浴身あはれ

失ひしピアノは城に至りしやその黒髪のすぢごとに獨り

革命のエチュード果てて木枯を待つこころはも火を奔《はし》らせむ

この星の最もみにくき薔薇として冬にみひらくわれとわがうた

大喪の礼前夜から

米川千嘉子
Yonekawa Chikako

1959年千葉県生まれ。「かりん」編集委員。早稲田大学文学部卒。10年「三崎の棕櫚の木」で第46回短歌研究賞、13年『あやはべる』で第47回迢空賞を受賞。毎日新聞、信濃毎日新聞他歌壇選者。

一九八九年二月二十三日、中野サンプラザで第一歌集出版記念会

記念会果てて見下ろす東京の大喪の礼前夜のさむさ

四月出産

〈大正〉も〈昭和〉も〈平成〉のさびしさを知ることなからむ　平成生まれ

退職

三足の草鞋はわれには無理ならむ　まづは二足を編むところから

一年間の米国暮らし

雪深きボストンの家日本の四季の言葉のことを書き溜む

つくばから谷和原村へ転居

公務員官舎のトイレの朱色なるドア不思議なり引つ越しの時も

父見舞ひ終へて息子を迎へにゆく延長保育室にまた一人なり

鬼太郎の歌を葬儀にうたひたる孫を叱ることなし亡父

山一証券

もと社員の伯父呆けたれば泣きぢやくる社長のことをほほと笑へり

沙悟浄の役の息子の青帽子河童の母はサテンで縫へり

日の丸飛行隊などと無邪気に流行りたり二十年まへの飛形の美しく

三省堂にて河野裕子さん

夫を待つて残されて一人世の中を見て生きるのが女と言ひたるものを

まだ主婦といふものありてガラス越しに平泳ぎならふ子供らを見る

アメリカ同時多発テロ

ツインタワー、グランドキャニオンからからとストローラーを押してゆきしが

ワープロからパソコンへ

機械音痴いつも機械にびくびくとしてゐるわれを夫はわからず

夜十時塾の前には車並びかならず一人を選んで乗せし

事故を起こす

追突事故起こした妻を怒るなと〈迎への旦那さん〉にはまづ言ふらしき

いつの間にかいない

一人子の飼ふ亀〈ポケモン〉〈たまごっち〉不思議ないのちたくさんの友

子供らの兄妹喧嘩に悩みし友〈神〉に従き駅で〈神〉を訴ふ

流星や蟬の羽化見し青き夜はるかにて子はまだ勉強す

土浦連続殺傷事件

「ニート」はた「ゲームオタク」の形容もすり減りて鈍くなりゆく十年

〈人権派〉とふ言葉に憧れ憧れより降りゆく息子の六法全書

河野裕子さんの後任で選歌

河野さんが最後に選びし選歌欄読めばしづかな声はにじみぬ

東日本大震災

茨城のわれらへ送られくる米や蠟燭や水　翳生るる廊下

背高の草や小さき花のそば線量計を動かし測る

デイサービス見学

あなたまだここには来ない方がいい　母はうつとり笑みてうなづく

選歌

一人居のこころを詠める歌つづきいつしか激しく打たるる感じ

鬼怒川決壊

ダムに沈んだ村にあらねど新公園すべり台雲梯水の底なり

温暖化も政治劣化もただ止まず　日本に戦争なかりし平成

研究の時代終はりしといふごとく〈つくば西武〉の閉店の楽《がく》

二〇一八年五月、「かりん」創刊四十周年

岩田先生、不意にして寺戸さんも居なくなり二人の来ない大宴会場

ぢりぢりといのちをおもふといふ父と父の看る母へ弁当を作る

混乱のひかり

加藤治郎
Kato Jiro

1959年愛知県生まれ。「未来」選者。早稲田大学教育学部卒。86年「スモール・トーク」で第29回短歌研究新人賞、88年『サニー・サイド・アップ』で第32回現代歌人協会賞を受賞。毎日歌壇選者。

平成元年（一九八九年）三十歳。

よのなかに歌舞音曲のあることを知りセイセイと放り出された

平成二年（一九九〇年）結婚。住居は川口市芝中田のメゾン高柳。SEのスタッフとして日本橋に勤務。

公園のみえるベランダここに棲むふたりは青いサンダル履いて

平成三年（一九九一年）第2歌集『マイ・ロマンサー』刊行。ニューウェーブと呼ばれる。

！と1と0の集まる水槽の！と1泳ぎ0は跳び出す

平成四年（一九九二年）日本出版クラブ会館にて『マイ・ロマンサー』を語る会開催。最後に穂村弘は言った。

もう勘弁してください／呂呂呂呂呂　海底二万マイルを渡る

平成五年（一九九三年）夏、マウイ島で過ごす。

そうだけどきみのストローどっちむきあっちむきってホエールウォッチング

平成六年（一九九四年）第3歌集『ハレアカラ』刊行。

歳月というには早い青年のまるっきりからっぽの太陽

平成七年（一九九五年）長女誕生。評論集『ＴＫＯ』刊行。

罫線のあわいに文字のあらわれて父となる日を我につたえる

平成八年（一九九六年）小林恭二「短歌パラダイス」の歌合せに参加。

目を閉じてくださいそしてこの歌を読んでください空のあかるさ

平成九年（一九九七年）長男・次男誕生。名古屋に転勤。有松に棲む。歌画集『ゆめのレプリカ』刊行。

かなたから双子の船の見えてきて大慌ておお言葉は踊る

平成十年（一九九八年）第4歌集『昏睡のパラダイス』刊行。

有松の坂のポストに献本のパラダイスありひとにしらゆな

平成十一年（一九九九年）『岩波現代短歌辞典』刊行。

終盤は「結社の力を見せてください」奇妙な声が編集委員に投げかけられた

平成十二年（二〇〇〇年）鳴尾に転居。直後、東京に単身赴任。

アルカンシェール三軒茶屋に棲むおれはしょうもない週末どこに帰ろう

平成十三年（二〇〇一年）オンデマンド歌集出版「歌葉《うたのは》」スタート。「うたう☆クラブ」コーチに就任。選集『イージーパイ』刊行。

easyと曲は聴こえてだれもみなeasyとなれだれもだれも

平成十四年（二〇〇二年）再び、名古屋に転勤。鳴尾に住む。

あいさつと表札のある近所なり狭庭にときおり猫がまぎれこむ

平成十五年（二〇〇三年）夏、万座ビーチに遊ぶ。「未来」の選者になる。第5歌集『ニュー・エクリプス』刊行。

彗星の尾につつまれて少年は泣きじゃくる歌の終末ほのか

平成十六年（二〇〇四年）現代短歌文庫『加藤治郎歌集』刊行。

すみっこに風が届いてすみっこに歌がうまれた春の詞華集

平成十七年（二〇〇五年）「毎日歌壇」選者に就任。『短歌レトリック入門』刊行。

草色の便箋にある激励は「何卒思ふ存分に」南青山、小市巳世司平成十八年（二〇〇六年）第6歌集『環状線のモンスター』刊行。

からだじゅう生き物である感触を抑えきれずに新しくなる

平成十九年（二〇〇七年）五月、斎藤茂吉記念館を訪れる。

日の射して表情変わる茂吉像きびしきことを我は思えり

平成二十年（二〇〇八年）夏、北海道の留寿都《るすつ》で過ごす。第7歌集『雨の日の回顧展』刊行。

子らつれて山のふもとにある道をあゆむ気球は北に流れて

平成二十一年（二〇〇九年）「ＮＨＫ短歌」選者に就任。「短歌研究新人賞」選考委員に就任。「夜はぷちぷちケータイ短歌」に出演。

単身は弾丸なるか銀いろに就任ふたつ出演ひとつ

平成二十二年（二〇一〇年）Twitterを始める。

なめらかな肉をツイートリツイートリツイートきみに近づいている

平成二十三年（二〇一一年）東日本大震災。その時、中野坂上にいた。

ぬるぬるとビルが左右に撓うのを見ている社員、沈黙のなか

平成二十四年（二〇一二年）「未来」名古屋大会。第8歌集『しんきろう』刊行。『うたびとの日々』刊行。

仰向けの蟬のなお鳴くひるさがりこころの果てにうたびと集う

平成二十五年（二〇一三年）冬、八重山諸島に旅行。『短歌のドア』刊行。「新鋭短歌シリーズ」を監修。

水牛の曳くくるまゆき海瀬《うなせ》ゆき由布島かなたうからはねむれ

平成二十六年（二〇一四年）父、世を去る。岡井隆より朝日新聞「東海歌壇」の選者を引き継ぐ。

思えば思えばまこと愚かな息子なり炭酸水の弾けるままに

平成二十七年（二〇一五年）ポール・マッカートニー武道館ライブ。第9歌集『噴水塔』刊行。『家族のうた』刊行。

イエスタデイ、声澄みわたるひとときをあやまちはただあやまちだから

平成二十八年（二〇一六年）「未来」東京大会。野村喜和夫と語り合う。『東海のうたびと』刊行。

言葉はジャンルに従属するか現代詩現代短歌じょじょにとけあう

平成二十九年（二〇一七年）台湾の旅、十分《シーフェン》に。

願いとは手をはなすこと天燈《ランタン》は小雨の夜に舞いあがりけり

平成三十年（二〇一八年）第10歌集『Confusion』刊行。シンポジウム「ニューウェーブ10年」開催。

波のうまれるところを想う混乱のひかりが俺を生かし続けて

平成三十一年（二〇一九年）五十九歳。

ヘイヘイと口をひらいて俺はゆくひとり天皇陛下の内《うち》に

まだ旅の途中

田中槐
Tanaka Enju

1960年静岡県生まれ。「未来」会員。95年「ギャザー」で第38回短歌研究新人賞を受賞。歌集に『ギャザー』『サンボリ酢ム』。

定刻にタイムカード押し日々疾走ワーキングマザーと呼ばれ

やることはだいたいやつて理想とはすこしちがへど無敵な三十路

仕事おもしろくッて子もかはいくて（短歌結社に入つてみました）

バブルには恩恵なくもタクチケで帰る深夜の酔ひはふかまる

なんにでもなれる気がして退職の送別会は延々続く

子と夫を送り出し子と夫を迎へ入れるだけのたかが一年

三十五歳で新人賞とふ禍事か吉事《よごと》か知らず髪を飾りぬ

熱海まで来て夜通し歌をつくりたるパラダイスあり波のまにまに

異父きやうだいつどへる不思議おもふ間にあつといふ間に生母《はは》はみまかる

第一歌集出して増えてく歌の友二十一歳の黒瀬珂瀾も

お受験の息子とあるく冬の朝つなぎたる手をふりほどかれて

二匹目の猫に振り回されてゐるうちにならないはずの四十歳《しじふ》に

学園祭のノリといきほひ築地なるブディストホールにマラソン・リーディング

浜離宮ホールから二次会のイタリアンまでながいながいうたびとの列

兎小舎とふ小さなライブスペースの小さき朗読会もはるけき

お揃ひのTシャツの黒、ロゴの銀、美《は》しきポスターのことなど

宮崎へ行く子に向きて岡井さんが「暗いとこだよ」つて言つたあの日

新橋からほど遠き距離　飴色の通勤定期入れで通ひぬ

ゲラの束濡らさぬやうに運びきて汚さぬやうに広げてからの

雪道にころび右足骨折の、松葉杖にてふたたびころぶ

両の手にもてる荷物の限られて猫はつれての出奔なりき

人生の折り返しなる五十歳甘きワインに沈める澱の

おづおづと澤に入りゆく背の高き猿丸さんに袖を引かれて

うたひたいことなんてない　短歌より俳句がたのしくなつて困る

横浜が見知らぬ街に変はりゆき家裁通ひがやうやく終る

十五年ともに暮らしし猫なりきある夕ふいに猫を失ふ

おほき橋をふたつ渡りてふたたびを息子と暮らす阿波の国へと

徳島に田丸まひると紀野恵がゐてなんとか生きてるッて気がする

ひとり呑む行きつけの店東京にかへりたいとか愚痴をこぼして

まだ旅の途中のやうでよそもののわたしが眺めてゐる阿波踊り

知り合ひが増えてゆくのも哀しくてひやくにんまでに帰去来兮《かへりなむいざ》

ゲルマントの方位

大辻隆弘
Otsuji Takahiro

１９６０年三重県生まれ。「未来」選者、「レ・パピエ・シアン・II」代表。高校教員。16年『近代短歌の範型』で第３回佐藤佐太郎短歌賞、18年『景徳鎮』で第29回斎藤茂吉短歌文学賞を受賞。19年「NHK短歌」選者。

朝のうちしばらく晴れてゐし丘は西北の風に黒くなりたり

眸《まみ》ほそめ見れば汀《みぎは》は遠ざかり追憶などに似つつかがやく

パヴァーゼの記ししごとく美しき夏がありたりわれら二人に

榾《ほた》に火の移る匂ひが唐突に追憶を呼び起こすといへり

ニホンザルの游べる檻の前に立つ二人うしなふものに震へて

かたはらにある古井戸を三枚の板にて塞《ふさ》ぎ棲みはじめたり

食パンを立てたるごとき白き家に兄妹《けいまい》のごと暮らすふたりは

赤錆の浮けるトタンの屋根が見え窓のかたへにわれは書きゐき

ＯＡＳＩＳといふワープロに書く歌の感熱したる文字の冷たさ

つまさきは踏みしチョークの朱の色に汚れて今朝の廊下をあゆむ

あれはいつの試験監督しんしんと枇杷の木に降る雪を見てゐつ

教職のおほよそを占め平成の日々はありたり耀《かがよ》へるなく

担任をせし八年に留年をしたる五人のありてさびしゑ

転校の手続きをしてその後は交はりを断ちしままに了《を》りき
コスモスの揺れゐる丘にわれを呼ぶ声々ありき娘と妻の
組織率ぐんぐん下がる組合も時の間にわが見てきたるもの
教祖ひとりが闇に震へてをらむ日に二人目の子の生《あ》れなむとする
嘴太《はしぶと》の翼をひらく内側にあぶら照りするかがやきを見し
酒鬼薔薇聖斗の冷ゆるロジックの「汚い野菜共に死の制裁を」
少年はおそらく勃起したりけむ校門に冷ゆる首を降ろして
しらじらとなりたる骨を拾ひたり脚を拾へ、と言へば拾ひて
紫木蓮みちに零《こぼ》れて幾ひらのひらめく舌の乾く真昼間

十一年前に失くしし腎ひとつ人に言はずひとに告げず過ぎにき

腎切りて臥せるベッドに「七人の侍」に降る雨を見てゐき

痩身の溝口精二ひえびえと篠つく雨のなかを斬りゐき

みづを彫《ゑ》る影のごとくに歩むひと病室の窓に凭《よ》りつつ見れば

腎ひとつ取りて左の残りたる身は寒かりき暴落の町に

枝の間を風が吹くときひとしきり樟の高きに遊ぶ葉はあり

ひと谿《たに》を桜の花が埋めたる昼ありきわが父たりし日に

追憶のなかの自分はもはや今の自分ではないとプルーストいへり

雁《かりがね》のかりそめごとと思ふまで曖々《あいあい》とわが平成過ぎぬ

父さんでしたか

藤島秀憲
Fujishima Hidenori

平成元年　店を閉じた
古本の埃はたはた叩《はた》きいき昭和にのこる一週間を

平成二年　なにもなかった
拾い来し猫に逃げられたる秋《しゅう》夜《や》「おまえもか」とぞ父に言わるる

平成三年　なにもなかった
子宮癌胃癌乳癌おとなりの北原さんが空き家となりぬ

平成四年　なにもなかった
柿ひとつ生らぬも父と母なれば口争いの因となりけり

1960年埼玉県生まれ。法政大学経営学部卒。「心の花」会員。07年第25回現代短歌評論賞、10年『二丁目通信』で第54回現代歌人協会賞、14年『すずめ』で芸術選奨文部科学大臣新人賞、第19回寺山修司短歌賞を受賞。

平成五年　変だと感じてはいた
母の干すタオルが飛んでゆくようになりたり風の吹かない日にも

平成六年　母が倒れた
一日にティッシュ一箱からにして母が涙をぬぐいつづける

平成七年　疲れていると思った
昼に浮く月を見つけて立ちどまるボーナスのない冬がまた来て

平成八年　疲れていた
列をなしひたむきに蟻すすみ来る　日の照る昼も日の差さぬ庭

平成九年　疲れていた
お大事にと言われるたびに死は近し　母の床ずれ日に日にそだつ

平成十年　疲れていた
紙オムツ一枚につき九円の税おさめつつ四度目の冬

平成十一年　母が死んだ
春一番に花環倒れて火葬場のトイレに父が入れ歯忘れて

平成十二年　父が倒れた
駅ごとに空席ふえる各停に父と揺られて晩年は来ん

平成十三年　また倒れた
なんでやねんなんでやねんと大阪のことばで嘆きついに笑いぬ

平成十四年　父を追って夜中の町を歩いた

陸橋は父が迷わず行ける場所きょうもまっすぐ陸橋めざす

平成十五年　父を追って夜中の町を歩いた

歯ブラシが凶器となりぬ人間が歯をみがくこと忘れし父に

平成十六年　父を追って夜中の町を歩いた

眠られず町を見おろす人たちの視界を過《よ》ぎる父とわたし

平成十七年　父が歩けなくなってきた

そこに転がるもの何ならん　庭に下り歩めずなりし父さんでしたか

平成十八年　町内会の会計係をやった

鶺鴒は婚あさくして日だまりを一羽とぶときもう一羽とぶ

平成十九年　歌集を出しておきたいと思った

画材店のポイントカードは先月で期限切れたり　白い青空

平成二十年　七キロ太った

サマセット・モームに耽《ふけ》ることもなく父を騙して睡眠導入剤《くすり》を飲ませつ

平成二十一年　七キロ痩せた

すりおろしりんごたちまち色を変う父の食わねばいよよ色変う

平成二十二年　老眼鏡を買った

父はこの夏からシャボン玉吹けず光を包み飛べシャボン玉

平成二十三年　父が死んだ

させられるラジオ体操第一や首をそらせば晴れた空見ゆ

平成二十四年　アパートに移った

収穫祭の終わりし広場に猫の野良もどりてきたり嫌われるため

平成二十五年　チラシ配りのアルバイトをした

一日を履きたる靴に匂いあり　首をうかべて湯船にねむる

平成二十六年　祖父も父も飲むと暴れた

飲まずにはいられなかった殴らずにはいられなかった　父の一生

平成二十七年　わたしは飲んでも暴れない（はず）

安兵衛の肉どうふより生まれたるズボンの染みよ夜寒《よさむ》朝寒《あささむ》

平成二十八年　妻となる人が住む町に越した

さてと来てさてと水面に浮く鷺を今朝は見て立つ多摩の川辺に

平成二十九年　結婚した

多摩川の向こうへ富士はあらわれぬ　新《あら》しき年新《あら》しき雪

平成三十年　たくさん書いた

自粛することなく終わる平成の思い出横丁　秋の雨ふる

平成三十一年　そして生きてる

2・0は0・2となり老いにけり野鳥を追えど野鳥になれず

八白土星己亥平地木またはセラフィムの年

林 和清
Hayashi Kazukiyo

1962年京都府生まれ。現代歌人集会理事長。「玲瓏」選者。佛教大学文学部国文学科卒。91年『ゆるがるれ』で第18回現代歌人集会賞受賞。

平成元年二月二四日

いづれの御時かといつか言はれさう雨踏みしめてゐた黒い映像

紅白でシンディ・ローパーが暴れてたあれをも御世のはじまりのこと

道の先を遠く歩いてゆく人の老いの足どり見ながら歩く

遠近のばらばらになつた過去がある岸の疎林に陽が照り…翳る

世界一不気味な遭難事故

ソ連がいまも凍土してゐる『死に山』を読みつつ雪の夜に降りてゆく

ページ繰るたび雪に掘り起こされる死体　九人誰もが靴を履いてない

初めてのロシアは一九九九年だつたそこらぢゆうソ連が貼りついてゐた

二度目のロシアは二〇〇八年わかものの腕はタトゥで埋めつくされた

八つ手の別名

八白土星熾天使《セラフィム》の根拠しらねども空から降る羽、またはゆきむし

われらの手で縊りたるオウムの信徒たち雪隠かくしの葉が煽る風

平昌《ピョンチャン》に住んでたと意外な人が言ふ夏は雨季だよ蚊が多いと言ふ

エスカレーターは必ず歩いて昇りたい急いでゐてもゐなくても足

ほんものかさうでない煙草を吸ふ者ら疎らに群れて宙を見てゐる

ロヒンギャといふ名がからみつく薔薇垣に冬枯れて痛い陽がさしてをり
道長が詠《なが》めた夜から千年目の月が出て欠けて今日のつごもり
曇天をずつと歩く老人の背に追ひついたその顔を見た
京都人の底意地の底がわたしにはないのださんざ散るはささんくわ
「あんたかてきばりなはれなつらつらの椿は落ちてからが椿や」
オリンピックの高潮がせまり大阪に万博といふ赤潮も来る
みじかびのキャプリキとれば言うてる間にずんずん沈むまさに短か日
足のつかない海を泳いで渡りきる歌会終へてほうと息つく
どこもかも白い『死に山』のページから栞紐ひろふ血のやうな緋

読みきつたあと厄介な本である尾根よりブリザード吹きすさぶ

消えた人はどこかにみんな集まつて夜を唄へり荻やすすきの

昭和天皇百十八歳わが祖父は百八歳まだ老いつづけをり

新元号「永輝」はいかがと思ひしがすでにPC企業の名である

モノクロに劣化しきつた風景の一部を咥へ飛ぶ冬の鳥

わが生の真中つらぬくこの御世の喉に刺さつたままの小骨が

自らの老いに自ら追ひついてそれでも歩く曇天の道

二黒土星壬寅金箔金へもうすぐ暦は還へりゆくこと

いつの日ももつとも深く暗い海で見た顔だけがじぶんであつた

一太郎

穂村 弘
Homura Hiroshi

青春の終わりに枕を抱いて観たみんなキノコになっちゃう映画
わたしもう見えないからと母さんが包丁持ったまま揺れている
これからは御飯は外で食べてきてゆめみるゆめこゆめみるゆめこ
僕はまだ一太郎です気がつけば花子はどこかへ消えてしまった

1962年北海道生まれ。「かばん」同人。08年『短歌の友人』で第19回伊藤整文学賞、「楽しい一日」で第44回短歌研究賞、17年『鳥肌が』で第33回講談社エッセイ賞、18年『水中翼船炎上中』で第23回若山牧水賞を受賞。日経歌壇選者。

うらがえすたびにおもてがうえになるヒトデはどうしたらうらがえる
塔はどうですか未来はどうですか入ったひとに尋ねつづける
若者には千目置いて貰いたいと塚本云えり巨大な碁盤
「アルプスの少女ハイジ」の再再再再再再再放送だった
縁側で氷砂糖をしゃぶりつつ祖母も夢見た曾祖母も見た
ウエディングドレス撫でつつ盲目の母の右手は震えていたり
初めての携帯電話を買ったのは平成7年の新宿で1円
引っ越しは本が家から溢れたら引っ越して引っ越して今ここ
留守番ってなんなんですかつまりあれは若者たちに説明できず

電話ボックスに対する感覚が変わりつづける見かけるたびに

年下の友だちからの喋らないほうがいいですよというアドバイス

平成の次の元号Xの僕はひじきを食べない僕だ

語呂合わせ考えすぎてあまりにも思い出せない暗証番号

近づいてみたら夕日の降る丘のウルトラマンは磔だった

窓のない蛸部屋のドア付近よりさざなみ生れて寄せくる記憶

向ヶ丘遊園閉園

もういちどいけばよかった階段がつづく限りは風も、薔薇も

ツイッター止めてと念を送りつつ口に出さない日々は過ぎゆく

踊り場が夕日に染まる凝りすぎておかしな味のポテトチップス

マッサージチェア・コーナーでふるふると揺れながら世界短歌会議

五十五歳二ヶ月にして七歳に教えられたる言葉「おぼんだま」

初めての携帯電話をお揃いで買ったかの日の吉野朔実よ

「少年は荒野をめざす」の主人公が少女であったこと思い出す

最後まで本名知らないままだった訊ける雰囲気ぜんぜんなくて

生きてたら五十八歳、生きてたら三十五歳、生きているから

なんとなくわからないまま春が来るメレンゲやアラザンや老いや

定食屋「千草」跡地を濡らしてる下北沢のゆうぐれのひかり

ヘイセイと初めて耳が聞いたとき箸はひじきを持ち上げていた

あをぞらがあをに達するまでの

荻原裕幸
Ogihara Hiroyuki

1962年愛知県生まれ。「短歌ホリック」発行人。愛知県立大学外国語学部卒。87年「青年霊歌」で第30回短歌研究新人賞、06年「短歌ヴァーサス」責任編集等で名古屋市芸術奨励賞を受賞。歌集に『青年霊歌』『あるまじろん』等。

1989
昭和最後の曇りとなつたその午後のひかりの裏で冬鵙を聴く

1990
続く時間なのに誰もが終りとか始まりを言ふ花冷えの午後

1991　名古屋的珈琲店
湾岸戦争その日初回が支留比亜の小さなテレビの奥で始まる

1992
窓際にもカウンターにもその他にも冬彦さん来て誰かを睨む

1993
桜井幸子が真田広之の肩越しに見てゐた夏の雲を見てゐる

1994
なぞなぞの答のやうでむりやりで呼びづらい自社さ連立政権

1995
仕事の流れで春の神戸に行つて来た春の匂ひのしない神戸に

1996
ホームページとは私とはドコモとは綾波レイとはとはとはとは

1997
マイブームと言へばその夏よく喋るサボテン達を棚に並べた

1998　結婚
個人的でしづかなひかりやすらかなみどり一九九八年五月

1999
妻と見る十月の朝のあをぞらがあをに達するまでのむらさき

2000
平凡にすべからくよんどころなくユニクロで明日の私を選ぶ

2001
どうと言ふこともなく二十一世紀来てテロが来て黄落となる

2002 けふの私は或る隣国に拉致されて午後からは虚の人なのである

2003 へぇへぇへぇへぇ無機質な感心の声ばかりするこの国に住む

2004 俺よりも凄い俺から母に電話来て俺よりも多額の無心する

2005 ブログを書けばブログのなかに山脈や溪谷や沼沢が生じて

2006 何にでも王子をつけて呼んでゐたわたしたちこそ軽薄王子

2007 隣の庭で連翹が枯れた夕暮に似た感じＫ・ヴォネガットの死

2008 敵を育てるやうなふしぎな負けぶりの羽生善治の美しい指

2009 けいおん！が空気のやうに広がつてゐた私の正しい朝に

2010 ＳＫＥの誰とかは次女の友人の友人とかまあわかるけど闇

2011
政治に期待できない春はでは何に期待して日本人をするのか

2012
あぢさゐが枯れてしまつて私のプロ野球熱まで冷めてゐた

2013
倍返し今でしょじぇじぇじぇじぇおもてなし端的に日本を語れば

2014
タモリロス症候群になることの羨ましくもあるアマリリス

2015
大名古屋ビルヂングは二代目となる棲む妖精も二代目となる

2016　短歌的中華料理店
暗渠にいまも河童が棲むとか噂しながら妻とゆく平和園まで

2017　禁煙
五十五歳になること煙草をやめることとあの百日紅を諦めること

2018
平成最後の桃とか梨とか言ふふたりでも来年はほんとに来るの

2019　改元
群青元年とかどこかしら明るくてわたしも改元されたい五月

密林の風、負け犬の空

俵 万智
Tawara Machi

1962年大阪府生まれ。「心の花」会員。86年「八月の朝」で第32回角川短歌賞、88年『サラダ記念日』で第32回現代歌人協会賞、06年『プーさんの鼻』で第11回若山牧水賞を受賞。

流行と流通の違い思いおり密林を吹く風ランキング

大豆から味噌を作るは忙しいことかゆとりかボーっと生きたし

「そだねー」とまずは息子を受け入れて具を追加する炊き込みご飯

はるたんと牧のその後を思いつつチキンを揚げる「おっさんずラブ」

インスタ映えしている写真の外側に愛のつぶやきありますように

くまモンのイントネーションは二刀流「しあわせ」もあり「ミラクル」もあり

個人情報さらさらされてゆく春の文春砲のゆくえ知らずも

手のひらに飛びこんでくるＰ音のペンパイナッポーアッポーペンよ

「爆笑」と「爆発的」の妹の「爆買い」といいます「爆買《ばくばい》」でなく

声に出して言いたいけれど言えぬこと嫌いじゃなかったあのエンブレム

集団的自衛権

煮え切らぬ押し問答の時代にて「いいじゃあないの」「ダメよダメダメ」

放課後の廊下さびしく「壁ドン」は「ドカ弁」のアナグラムと気づく

「倍返し」「今でしょ！」「じぇじぇじぇ」「お・も・て・な・し」満開になる流行の森

二時半のことと思ってたおばちゃんのＰＭ２・５の昼下がり

余裕なくつるかめ算を教えれば「お母さんはすぐドヤ顔をする」

活発な活魚の国の部活のち就活、婚活、終活、刺身

草食系男子となりし弟がそこそこ進むイクメンの道

華々しくどげんかせんとと言われたる宮崎に今どどんと暮らす

たらこ・たらこ・たらこが無限ループする朝の食卓に笑うキューピー

荒磯の新潮新書「品格」が流行語となるこの国の暮れ

想定内ではあるけれど想定をしなかったので想定外だ

残念！と勝訴のように文字掲げギター侍東京を斬る

地球にやさしい地球にやさしいって言うじゃない？　やさしくないのは人間ですから

たいがいは他人がつける「自己」という語をはね返し「責任」よ立て

雨傘も日傘もいらぬ負け犬の側から見える空の大きさ

感情の加減乗除のざわざわのサプライズ嫌いの女友だち

ほろほろと息子生《あ》れたり『バカの壁』ベストセラーとなりたる年に

動詞から名詞になればむず痒し癒しとか気づきとか学びとか

美味しいと感じることが流行のもつ鍋、ティラミス、ボジョレーヌーボー

眠れ眠れ大人のための子守歌24時間タタカッチャダメ

名づければ埃も風も見えてくる平成元年新語セクハラ

平成変遷記

東 直子
Higashi Naoko

1963年広島県生まれ。「かばん」会員。96年「草かんむりの訪問者」で第7回歌壇賞、16年『いとの森の家』で第31回坪田譲治文学賞を受賞。「東京新聞」「山陽新聞」歌壇選者。歌集に『春原さんのリコーダー』『十階』等。

五月五日。

長女生まれて長男は兄わたしたちの細い手足をつつむ町田市

八王子の公団住宅へ転居。短歌の投稿を始める。

とばされそうな洗濯物を眺めつつ鉛筆で書くオソルオソルを

「未来」入会（岡井隆選歌欄）。

大会のお昼休みに鮒忠の甘辛いタレ　なんだろう、これ

「おはなしの会」で子どもに昔話を語る。

恋人の歌声を聴く盲人のお話を聞く鮮《あたら》しき瞳《め》よ

「かばん」歌会初参加。

お茶とお菓子しいたけそしてかまきりの卵あつまり入谷の歌会

長男、小学校入学。

少年よ少女よ今日は九年の義務教育の一日目、雨

「へるめす歌会」に参加。

空を飛んできた人もいた　あんなにも長く話した言葉はどこへ

歌壇賞受賞、第一歌集上梓。

戻れない道歩いてた跳ねまわる赤い長靴おいかけながら

都立大学の言語学の先生の秘書となる。

一語ずつ数字に変えていく言葉　すこし　あなたは　みずを　ください

『岩波現代短歌辞典』の校正のため、岩波書店に通う。

地下室にいる人からの紫陽花の和菓子と麦茶ひんやりうれし

「かばん」二度目の編集人。井の頭公園野外ステージで朗読イベント。

一五歳の雑誌のために白いシャツで鳩とぶ空に歌を読みます

「未来」退会。

二〇世紀最後の年に自転車で螺旋スロープ下ったことも

「なんなんとうに雪がふる」上演。

初舞台の少女が遠く呼びかける音楽劇にてのひらがふる

「日本経済新聞」プロムナード連載。

工事現場の塀があるとき折り紙に見えて自分を夜にふやかす

穂村弘さんとの共著『回転ドアは、順番に』上梓。

送り合う歌の主体はどこにいる噴水のさき舐めるたましい

とても暑い日に「短歌ヴァーサス」の表紙を撮影した。

さきちゃんは大きなカメラだけになるのが得意です素敵なことだ

短編「長崎くんの指」執筆。仮住宅に転居。

観覧車の光が見えたあの窓に架空の男ゆるりとおよぐ

「とりつくしま」を考える日々。

消えるものならロージンがいいんじゃない無口な息子からの助言は

ふらんす堂のホームページに短歌日記開始。

真夜中の更新のため歌を詠むとんぼの翅のもようの脳で

屋内型遊園地の裏に転居。

夜を覚めてまだそこにいるはずの子の部屋のドアーを開けちゃいけない

薬をもらいに平塚まで通っていた。

細い指があるときは日に焼けていた白衣の奥に過去とじこめて

「ＮＨＫ短歌」選者。

撮影を終えた花々抱きつつ魚を三尾焼くため戻る

須田町に仕事場を借りる。
本棚は地震がきても倒れないコックピットでお茶を淹れます

新鋭短歌シリーズ立ち上げ。
頼みたいことがあるんだイベントの席の隣でささやく治郎さん

「青山塾」でイラストレーションを学ぶ。
人の形、鳥の形をつくづくと塗りこめていく絵の具の無心

母と福岡を訪ねる。
糸島の森に父の建てた家まだありました　犬がいました

青山の短歌教室五周年。
ぽつりぽつりぽつり火をともすごと感想をのべあいながら歌がゆれます

早稲田大学のエレベーターで堀江敏幸さんに会う。
東さんに朝から会えばいいことがある気がしますと言われよき朝

父がテーマのエッセイを「文藝春秋」に依頼される。
ひと月ばかりときどき泣いた　一六歳《じゅうろく》の赤いひたいをほんとうに踏む

仕事場を千駄木へ。
猫アレルギーの私に猫がふりかえる森家の下のおばけだんだん

女性五人で宮崎に行き、神話のことを話した。
鮫だって分かったっていいような気もして同じ海風うける

とんびの描く円【逆再生Ver.】

なみの亜子
Namino Ako

1963年愛知県生まれ。「塔」選者。関西外国語大学外国語学部卒。05年第23回現代短歌評論賞、13年『バード・バード』で第9回葛原妙子賞を受賞。「短歌研究」うたう☆クラブコーチ。

ながかったか短かかったか訊きたかり母がこの世の旅終うるまえに
平成31年1月13日／母死去（享年86）。

「笑ってはいけない」は鬼ごっこまで顔口濯ぎパンツ替えて寝る
平成30年大晦日／なにもしなくなって何年だろう。

庭をまわった最後にふわり振り向きてながくわが膝に額《ぬか》おしあてき
平成29年10月14日／飼い犬のココ死ぬ。

電柱と柵のまわりに草の伸ぶ見るたびちっこいわあと思う雀は
平成28年5月／岸和田市に転居。夫名義の田に夫の設計で建てた家。闇が深い。

平成27年晩夏／周子ちゃん明季ちゃんが山の家に来てくれた。

廃校にあそびおんぶで登りきぬひかりのような親子が届く

平成26年／障害がいためつけていくもののなかに。

呻き声と　杖の打音と　暴言と　破壊の音と　おもたきしじま

平成25年初秋／夫が腰の手術により脊髄を損傷する。

廃線であることのさびしさ果てのなし雪降る山に雪はねむりつ

平成24年／母のアルツハイマーが進行する。

四桁の番号走り書くのみの母の手帳の出てくる出てくる

平成23年3月11日／東日本大震災。

山の家の茶の木のしたに鳥一羽死にていたるを埋めたりふかく

平成22年8月12日／河野裕子さん死去（享年64）。

河野裕子のあらたな歌も失ったのだ何万回も咲けよたんぽぽ

平成21年／失業の世帯に税金がきつかった。

電柱の突端を占め見はるかすとんびの一羽を〈無敵〉と名付く

平成20年／西吉野へ戻る。ほどなくリーマンショック。夫の会社が倒産。

かんたんに壊れる景色に大きい日小さい日あるとんびの描く円

平成19年／犬たちと多摩川を歩いてばかりいた。

出奔の夢はゆめのまま終わりたり大き多摩川に水は群れなす

平成18年／夫の転勤。川崎市高津区のペット可のマンションに住む。

五百円玉サイズの禿げにドライヤーあたればあっつあっつと息呑む

平成17年／草刈りの腕をあげる。

うぐいすの谷の渡りの練習のねっしんに谷あたたまりゆく

平成16年／ラブラドールを二頭迎える。

崖、荒れ地、どこも誰かの敷地なり山包《くる》みつつべらぼうに湧く雲

平成15年秋／西吉野の山間集落へ移住。築１００年を越す茅葺屋根の家に住む。

家に降るむかしむかしの煤黒し風にたやすくそよぐ草屋根

平成14年／西吉野～天川～十津川は夫が渓流釣りにながく通う地域。

どうしても奈良というならどうせなら妙なおもろい家がええやん

平成13年5月／二度目の結婚。空間デザイナーと。バツ1同士。天王寺のマンションに住む。

冷蔵庫見せてくださいというテレビクルー来たるも断るだんこ断る

平成12年／豊中市蛍池の小さな一軒家に住む。フリーの仕事は好調。

坂の下の寺ゆ擦れあう竹の葉の音きくたびに迷子のここち

平成11年／吹田市山田で友人とルームシェア。地下の部屋も少しの間借りた。

めし屋とかばばあバーとか起業とか夢想ふとらせ暮らし保ちぬ

平成10年／退職。フリーのコピーライターに。ラウンジのチーママもした。

夜のミナミ池乃めだかがおねえちゃん連れてきらきら飲みあるくなり

平成9年／大阪市森ノ宮のマンションに住む。元カレにストーカーされていた。

遠く来て取材に見たる日本海いいのかと問う波はまた寄せ

平成8年／マーケティング会社に転職。当時まだ珍しい年俸制だった。

マリアンがベジタリアンだと知りし日の焼き鳥屋にせし歓送迎会

平成7年1月17日／阪神・淡路大震災。間もなく地下鉄サリン事件に報道が移った。

なりゆきで他人《ひと》の夫とつき合いてDV、保証人、ひととおり被る

平成6年／吹田市山田のマンションに住む。離婚届を提出。

旧姓にもどれるわれを夜の竹はかさりかさりと噂しており

平成5年／勤め先が大手のハウスエージェンシーに吸収合併される。大阪市西九条に住む。

ベルメゾン、フェリシモのカタログ周りきてヤクルトが来る大きなオフィス

平成4年／制作プロダクションに勤める。別居。大阪市西成区のマンションに一人で住む。

二十代人妻われのモテ期なり関係もったりもちつづけたり

平成3年／広告代理店退職。すぐに家庭の経済が破綻した。

スーツ売る夫なれば新作買わされて給与に引かる手取りはわずか

平成2年／アパレルと広告代理店の共働き。くたくたになる。

電車で帰れる日の少なしも毎朝をヒール鳴らして仕事にゆきぬ

平成元年／最初の結婚。夫は和歌山出身の同年。吹田市江坂のマンションに住む。

新宮のあなたの海のひとたびもやむことのなき波を忘れず

三十一冊の手帳から

佐藤弓生
Sato Yumio

1964年石川県生まれ。「かばん」会員。01年「眼鏡屋は夕ぐれのため」で第47回角川短歌賞受賞。歌集に『モーヴ色のあめふる』『世界が海におおわれるまで』等。

人生はジョーク　でしょうか　このひとと四月一日届け出をして

鶺鴒殺しうたひて通る少女あり昭和終らむ世紀果てなむ（山中智恵子）

みどりの日　鳥にあらざるかのひとは人に生まれて生きて逝きたり

ただ広いだけの平野にもどる日をゆめにみているような東京

そこに立つひとはわたしを知らなくて山手線のみどりまぶしい

一九九五年三月二十日午後、母と東京宝塚劇場公演『雪之丞変化』を観に

まだ雪がふりそうな春　日比谷線立入禁止表示を過ぎて

『新世紀エヴァンゲリオン』の第3新東京市では

終わらない夏はすなわち終わらない十四歳の戦争だった

電線がいたるところに垂れながら夕ぐれ犯し犯されていた

西の友達はたんたんと

「神戸まで車で行くと、せやね、まだどっち向いても更地ばっかり」

ものを書くひとと暮らして空間にこころの小部屋ふえゆくばかり

はじめての歌会

おそろしい　みんなこころを持っていて、歌にこころを籠めるだなんて

だけど歌には翼があって空ふかくおりおり放つことを覚えた

さればとて少女と申す者誰も戦争《いくさ》ぎらひに候。（与謝野晶子）

――と記した手帳の余白さればとて目には見えない戦争もある

〈本ゆずりうけたるのちを死でうすく貼りあわされた春空、われら〉とうたった、二〇〇三年初夏

姉はあの八階から、と指す先の薄雲あれはなんの恩寵

ほのあかく息づく文庫あのひとの持ちものだった『蜜のあわれ』は
うけとればかすかに光る背表紙の題字いのちの外延として

知人はこともなげに

「自殺者のひとりやふたり知り合いにいるものでしょう、いまは誰でも」
惜しむときすこししあわせ　手ばなした星の王子《ル・プティ・プランス》さま紙幣のことも
このひとと出会ったことを忘れたらふたたび出会うまではバカンス
うすあおく反《かえ》る昭和のくりかえし病室に聴く『音楽図鑑』
生誕日　それは全身麻酔から目覚めた神の――いいえわたしの
ひとへやの宮《みや》と呼ばれて摘出ののちに思えばみやびな臓器

部屋に雨匂うよ君のクリックに〈はやぶさ〉は何度も燃え尽きて（大森静佳）

燃え尽きるものはなおさらはれやかに爆ぜながら濡れながら紫陽花

蜘蛛の糸よりも細しと見ていたり宇宙エレベーターの図解を

十分に発達した科学技術は、魔法と見分けがつかない。（アーサー・C・クラーク）

いにしえの魔術のように新装版廃炉技術書緊急復刊

田中弥生さんはあっさりと

「放射線治療をずっと受けてるし、セシウムが降るくらい、いまさら？」

曳舟と呼ばれる土地に舟なくて風のみスカイツリーをめぐる

〈そして誰かがテレビを消してこの夏は七十一年前の静けさ〉とうたった、八月八日

かのひとのなしたる仕事　祈ること　愛されること　終わらせること

そしてまたみんな仕事へもどりゆく誤植供養の聖なる日々へ

田中さんの生前唯一の著作『スリリングな女たち』について

おもむろに語りはじめた男たち黒ネクタイをうんとゆるめて

椅子ほどのきのこを森で見つけたらやはり座るでしょう　このひとと

平成期後半を校閲者として、こんなふうに

日本史というまぼろしをまぶしみぬ西暦・和暦対照表に

昭和41年〜昭和50年生まれ

ハッピーハイツ

前田康子
Maeda Yasuko

1966年兵庫県生まれ。「塔」選者。18年『窓の匂い』で第5回佐藤佐太郎短歌賞を受賞。歌集に『黄あやめの頃』等。

平成元年
昭和終ることより三四二逝きしこと哀しく君に手紙を書けり

平成二年　ハラスメントという言葉はまだ無く
社長室に裸婦像の絵のかかりおり君によく似た子だろうと笑む

平成三年　第二回高安国世詩歌講演会
舞台袖せわしき中にいとわずにサインくれたり大岡信氏

平成四年　京都、東山仁王門
茂吉全集三十六巻がこの部屋の財産なりと君は住みたり

平成五年　結婚

お互いの留袖を着て慌てたり　着替え直しぬ母と裕子さん

平成六年　長男出産

政の字も義の字も取らず名づけたりよい川に鮎がまるまる太ると

平成七年

続けて産むことなど強くすすめられ盆の実家に赤子抱きつつ

平成八年　塔全国大会　群馬県伊香保

おでこ、ひざ擦りむき戻り来る息子　田村雅之さんに預けしが

平成九年　酒鬼薔薇聖斗逮捕

三歳は虫を殺すを楽しめり砂場の蟻に水を流して

平成十年　長女出産　産院は下鴨、森産婦人科

芽吹きたる糾の森の風激し　三〇〇〇グラムを腕にいだきて

平成十一年

待てど来ぬノストラダムスの夏は過ぎ二人子乗せて自転車を漕ぐ

平成十二年　グリコ森永事件時効

きつね目の男に父が似ていると思いし冬もはるかとなれり

平成十三年　アメリカ同時多発テロ

あぐあぐと声にならねど口をあけ夫を起こすテレビを指して

平成十四年　京都〈礫礫〉にてベリーダンスショー
振り付けが後半飛んでしまいたりレバノンの曲五分あまりの

平成十五年　息子と二人で青岸渡寺から白浜へ旅をする
鞍馬では木刀ほしがり那智に来て菅笠欲しがる半パンの子は

平成十六年　塔50周年全国大会　宝ヶ池プリンスホテル　集客に燃える
集まってＤＭ出すのが楽しかり一言添えて三つ折りにして

平成十七年　左足骨折の骨がなかなかつかない
森岡さんが小松菜がいいと言ってたわ花山さんのアドバイスを聞く

平成十八年　第三歌集『色水』出版
いつよりか公園の草すぐ刈られ子から遠ざかるツユクサ・オシロイ

平成十九年　アラビア語を少し学ぶ、京都イスラム文化センター
ジハードの本来の意味「神の為、己を犠牲にして努力する」

平成二十年　娘はクラッシックギターを習う
湖東より湖西はさびし雪の日の演奏会は近江高島

平成二十一年　息子のことで他人に土下座
頭《ず》を下げる歌が夫に多かりしこと思いつつ幾度も下げる

平成二十二年　十月　河野裕子を偲ぶ会　夫が弔辞を読む
弔辞述べ涙止まらぬ父を見て娘は急に熱を出したり

平成二十三年　東日本大震災

「太陽を盗んだ男」十七の我らに社会教師は見せにき

平成二十四年　五月、金環日食

三日月の形になれる木漏れ日を紙に映して君と喜ぶ

平成二十五年　息子映画学科へ

飲み会で教授に胸倉つかまれて洗礼受けぬを子は喜びて

平成二十六年　『塔事典』執筆、編集

塔事務所の椅子に腰痛繰り返しそれにも慣れて事典は成れり

平成二十七年　ミラーレスカメラを購入、写真にハマる

雪続く二月はどこにもいけなくてマクロレンズで撮る結晶を

平成二十八年　母脳出血、二回の手術、リハビリ

帰るときに寂しいのは私のほう　やっこさん折り母の手にのす

平成二十九年　息子就職　武蔵小山に住む

新婚の我らが住みし部屋よりもさらにボロかりハッピーハイツ

平成三十年　東京で賞をいただく

蛇崩れの模様のようなネクタイは師の遺品なり秋葉氏の胸に

平成三十一年

亡くなりし義母をそのまま置いてゆくように閉じらる平成の世が

下り坂

大井学
Oi Manabu

1967年福島県生まれ。「かりん」編集委員。歌書に『浜田到 歌と詩の生涯』、歌集に『サンクチュアリ』。

内定式参加費用に十万円支給されたる友は「しょぼいな」

ひがし・にしドイツ消えたり書架ふかくカントの花文字読みつづくなり

隣室と間違われたる投函の「就職案内」入れ直しけり

身体は〈われ〉よりすなおさがらない微熱のままにサラリーマンす

バブルはじけ会社もはじけ失業の決まりし日なる「皇太子御成婚」視ず

再就職のちの職場のリストラの（おまえがきえろ）灰皿燃える

社員寮四畳半なるわが部屋の深更カントを訳しつづけぬ

残業の二重帳簿の二〇〇時間組合幹部の「見なかったことにしよう」

（三十歳になったことだし短歌でもはじめてみよう）坂下るなり

プログラムに2000年ロジック組み込んでノストラダムスに与するこころ　「かりん」九八年六月

IBMメインフレームエミュレータ未来の暦COBOLに組みけり

盗聴法・国旗国歌法むんむんとわれを圧しくる顔なきものが

ハルマゲドンいつしか期待は日常に解け入りにけり（老いとはこれか）

音・ライト・ピンスポの機器操りつ「マラソンリーディング」調整室に聞く

二〇〇二年十一月十日、十五日、十九日　オーチャードホール

空席はあらわにジェシー・ノーマンの晩年に入る残響を聴く

天文館みせのならびを知るほどに到さんが居た街とぞおもう

七月　北海道

派遣社員・ＯＢ・役員・秘書・わたし　会社休みて立つトムラウシ山頂

Blog・評伝書きつつ机に眠りたるかつて不眠に悩みしわれは

「金髪の不良のおとな」といわれけり青春をこじらせてた辻くんに

書き終えた『浜田到』を発送す（ぼくが死なせてしまったんだな）

『窪田空穂の歌』出版

「おおいくんはね空穂の晩年をかきなさい」えがおに言えり岩田正が

裁可するためにいるわれ委託業者三十人に声荒らげつつ

十七年勤めし部署を去ることの梨にもまごう晩生《おくて》とおもう

ふるさとの訛り世界につたわりぬくうはくの土地日本にうまれて

二〇一二年十一月十七日『日の浦姫物語』

うぶすなに原発を建つ incest 不義見えざれど発かれてなん

伊豆山の夜の月冴えたり Opus One 飲みて歌いき葡萄の中で

関係の変わらずあればがくちゃんと呼ばれてマラソンリーディングにいる

実感のなき成長は　経営を語るほど騙りのけたるわれか

夏の夜の嘘ばかりなるわがうたの歌集となりてわが顔をみる

ぼくのいきかたを見てていうように高光る師の逝きたまいたり

父の死の齢を超える　平成をしらざる父の顔なるわれが

スカイツリー尖端がさすあおぞらをわれ死なばわが墓所とは思え

茄子のクロニクル

奥田亡羊
Okuda Boyo

1967年京都府生まれ。「心の花」会員。早稲田大学第一文学部卒。05年「麦と砲弾」で第48回短歌研究新人賞、08年『亡羊』で第52回現代歌人協会賞、18年『男歌男』で第16回前川佐美雄賞を受賞。

ふかふかの土の布団に一粒のお前を埋める　浅き春の日

天皇の危篤のときをセフィーロに口パクで言う「お元気ですか？」

敗戦より二十二年目に生まれ来ぬ　その二十二年後に平成となる

リクルートスーツに忍ばすリゲインの「二十四時間戦えますか？」

ボディコンとカラス族群るるトゥーリアにシャンデリア降る　夜が明るい
平成元年
朝顔は空を搦めて咲きにけり宮崎勤の父は自殺す
平成三年　テレビ局に就職、京都に住む
フレディ・マーキュリー逝けど胸毛の光りおり　今夜は俺がウィー・アー・ザ・チャンピオン
平成七年　阪神・淡路大震災
春雨にならびて傘はバスを待つ地に伏す黒き屋根のかたわら
ボランティアと呼ばれ瓦礫に働くは天理教のひと創価学会のひと
この春をわれに会わんと小さきお前は両手を広げ土から出て来た
同年　地下鉄サリン事件
湧くごとく走り来たれるパトカーを五十台まで数えて帰る
防護服の人らしずしず鳥籠のカナリア一羽に連れられてゆく
平成八年　東京放送センターに転勤
「人体の不思議展」見つ中国に〈人体標本工場〉はあり

平成九年　神戸連続児童殺傷事件

校門に祭られてあるその首をうつつにてあれば我ら見ていし

平成十年　失業率4パーセント

瞳孔を空《くう》に預けて笑いおり　キレるキレないキレるキレそう

平成十三年　小泉政権誕生

ディズニーシーに若きが老いを叱りおり小泉郵政改革ののち

同年　同時多発テロ事件

体温のいくすじ吸われゆけば月グランドゼロに影を立たせて

平成十四年　テレビ局を退職、榛名山麓に転居

庭の草空へ空へと枯れゆくを石に座りて日がな見ており

紫の花を咲かせてあえかなり朝の光を透きてお前は

平成二十一年　職を転々とする

忌野清志郎なぜにあなたは逝ったのか　今夜は俺がトランジスタ・ラジオ

平成二十三年　東日本大震災

改元をするべきだった、草深し。あの敗戦と原発事故と

原発を浮かべて冬の雷立てば人柱見ゆ背広姿の

平成二十七年　日本人が相次いで殺害される

香田証生、湯川遥菜と後藤健二　上書きされて、ママンおやすみ

昭和ほどはストックされぬ平成の花野を掃きて寄せる夕闇

やわらかな布でお前を磨くようにまださみどりのうなじを見つむ

平成二十八年

オッドアイのデヴィッド・ボウイ逝きにけり　今夜は俺がレッツ・ダンス

平成二十九年　就職支援の仕事に就く

一億総活躍社会の実存として会いにゆく二十七年を引きこもる人

平成三十年　麻原彰晃らの死刑執行

元号の変わらぬうちに七人の処刑は同じ日に終わりたり

平成三十一年

平成は月夜の橋か踏み鳴らしええじゃないかの歓喜が通る

重く重くお前は熟れて手のひらに受ければ夏の熱を伝え来

新しき元号は【茄子】　もうなんの味かわからぬお前を食べる

あの夜、デニーズで語り合ったことなど

千葉 聡
Chiba Satoshi

1968年神奈川県生まれ。高校教員。「かばん」会員。98年、「フライング」で第41回短歌研究新人賞受賞。歌集に『微熱体』『飛び跳ねる教室』等。

駅ビルの書店でめくる情報誌　君のマンガによく似たイラスト
イラストの隅に書かれた「シマモト」のサインで君の絵だとわかった
わかっていることなど少しも増えてないまま大学に入ったあの日
あの日、あの冷え冷えとしたパイプ椅子　入学式だけ着たあのスーツ

スーツには春の陽射しがうっすらと積もって春を嘘だと思った

「思ったこと言っていい？　君、中学生みたいだ」と俺を笑った君は

君は「俺、シマモト。シマって呼んでくれ」馴れ馴れしさ全開の笑顔で

笑顔ではいられないことが増えてゆく　国文学史でDをもらって

もらっても俺には何も返せない　クラスの奴らと距離をおく夏

夏の月も濡れる真夜中　シマモトは俺をデニーズへと連れ出した

連れ出されデニーズの隅に座らされ辛いパスタを食わされた俺

「俺はさぁ、漫画家になりたいんだよ」シマの打ち明け話は熱く

熱い思いなどないふりで「小説を書きたい」と俺も話して夜明け

夜は明けて破れたジーンズの二人が下りてゆく線路沿いの坂道

道——たしか『こころ』のKが求めたもの　シマがマンガで描きたいもの

ものにならず新人賞に落選した小説をシマだけには見せた

「見せてくれてありがとう。でも稚拙だな」俺の小説を馬鹿にしたシマ

シマモトの描いたマンガのあらすじが少年誌に載る「佳作」として載る

載ったのは応募原稿のワンカット　雑誌を囲み語らったカフェ

そのカフェもつぶれて最後の春　シマは卒業式に現れなかった

現れない正義のヒーローをからかうＳＭＡＰセカンドシングルを買う

また買った小説誌　どのページにも俺の名前はないと知りつつ

知っていることとできることとの差を知る　大学院に進んだ俺は

俺は何も知らなかったんだ　シマモトが田舎で闘病していることも

こともなげな葉書が届く　シマモトに見舞いの長い手紙を書けば

書いて捨てまた書いて捨て小説をやめて短歌を始めた秋よ

秋色の表紙の歌誌に俺の名が載るたびシマに送りたかった

送り出した卒業生が増え、　俺はいつしか教員歌人になった

歌人にはなったけれどもシマモトの熱い言葉が聞きたいよ　今も

今どうしていますか　シマのイラストの載った雑誌をかかえて駅へ

駅は冬　回送電車に誰ひとり照らさぬひかり満ち駅を去る

光る夕立

吉川宏志
Yoshikawa Hiroshi

1969年、宮崎県生まれ。京都大学文学部国文学科卒。「塔」主宰。94年第12回現代短歌評論賞、05年「死と塩」で第41回短歌研究賞、16年『鳥の見しもの』で第21回若山牧水賞、17年第9回小野市詩歌文学賞受賞。京都新聞歌壇選者。

杉の葉を雪すべり落つ天皇の死ののち我は二十歳となりぬ
平成元年　誕生日は一月十五日

恋人が先に働きボートにて島へ連れてゆく社長を話す
平成二年　大学三年

トイレにて酒を吐き終えまた呑めり注《つ》がれたものは咽喉《のみど》に流す
平成三年　就職

お互いに恋人はいて残業ののちに灯の濃き夜道を帰る
平成四年

平成五年　結婚
絨毯の或る模様まで歩みゆき手を取れという　白き手に触る
平成六年　25歳で第一歌集『青蟬』刊行
帯を外したりして本を撫でていた　若いうちに死ぬと思いいし日々
平成七年　長男一歳
まだ父と思えぬままのわが指をにぎりてわらう赤子は夜に
平成八年　オウム裁判続く
このままでは世界は滅ぶと言いし友　白き衣のなかに痩せゆく
平成九年
ゆうぐれに閉じてゆく山　おさなごを抱きつつ石の道をくだりぬ
平成十年　長女誕生
乳と汗にじむからだを抱きとればわが胸にじっと貼りついていた
平成十一年　30歳
「顔が大《お》っけえなあ」と言いにき　子の写真見せたる朝に祖母の命消ゆ
平成十二年　二〇〇〇年
西暦一〇〇〇年知らざるままに生きたりし清少納言　藤の花をかし
平成十三年　9・11同時多発テロ
もしあの日が曇りだったら　眼のなかに剝がれ落ちない青空がある

平成十四年　小泉首相、北朝鮮を訪問
「拉致なんて嘘だ」と書いた歌人がいた君が代も悪、それが正しかった

平成十五年　イラク戦争
デモに参加しましょう、という手を払いたり汚れたジャンパー着ていたその手

平成十六年　イラクに大量破壊兵器はなかったと発表
血のかたちに吸いついた砂　日本人の死者の無きゆえ早く忘れつ

平成十七年
運動の苦手な我は教えられず　ラケットひるがえす子を見守りぬ

平成十八年　リストラ闘争に関わる
ストローより剝がした紙が濡れており事業計画のここは嘘だ

平成十九年　隠岐を旅した
後鳥羽院を封じたる海　深秋《ふかあき》の月のひかりを波は運べり

平成二十年
祖父の顔を死ののちも舐めていた犬が後ずさりして低く唸りぬ

平成二十一年　40歳　鳩山政権発足
辺野古の海を守らむとせしを嘲《わら》いたりなぜ嘲いしか石榴《ざくろ》答えず

平成二十二年　河野裕子さん死去
わが母が土ごと送りし白スミレ　裕子さんの庭にしばらくありし

平成二十三年　八月に原発事故後の福島を旅する

銀シートに桃の落ちたる道を行けり見えざるものはここを漂う

平成二十四年　高校生の息子を連れて石巻を訪れる

子に見せておきたい、それも言い訳か　潰れし家の向こうには海

平成二十五年　息子は映画学科に進学

性愛と愛は違うのか　子の撮りし映画のなかに光る夕立

平成二十六年　ＮＨＫが報道

自死を隠し名を隠したり　イラクより還りし自衛隊員二十八名

平成二十七年　安保法案強行採決

プラカードに顔を隠したき我のありその我も連れて四条を歩く

平成二十八年　娘は高校三年生

楽想は夜となりしか帆柱のようにコントラバスを揺らせり

平成二十九年　若山牧水賞を受賞。牧水の生家の近くで私は生まれた

若き日の眼となりて母は見ているや夕べに青く沈む山々

平成三十年

翁長知事と同じ病気と言う人のかたわらにおり茄子畑《なすばた》の雨

平成三十一年

平成から母は出られず　黒塗りの扉に映る桃の花枝

風のごとくじぶんは

大口玲子
Oguchi Ryoko

1969年東京都生まれ。「心の花」会員。早稲田大学第一文学部卒。12年『トリサンナイタ』で第17回若山牧水賞、13年芸術選奨新人賞、「さくらあんぱん」で第49回短歌研究賞を受賞。

一九八九　早稲田大学入試の日に大喪の礼が行われた。

同じ問題解きゐし三万人のうちの一人とのちに結婚せりき

一九九〇　東京から電車とフェリーを乗り継いで沖縄へ。

「喜瀬武原《きせんばる》」歌ひくれしかのバスガイド糸数慶子の声を忘れず

一九九一　北京語言学院

王府井《ワンフーチン》天主堂そびえ香菜《バクチー》に噎せつつイエスを素通りせりき

一九九二　日本語教育能力検定試験に合格。

今よりも明るかりしか日本語も日本も日本人もじぶんも

一九九三　昼間は働き夜間に日本語教師研修を受けていた。
合併しひらがなとなりし「さいたま」に与野市ありにきひとり暮らしゐき
一九九四　週に三回、外国語話者に日本語を教える実習。
つきつめてつきつめてわが日本語の拙さのみをきはめゆきしか
一九九五　中国吉林省長春市東北師範大学赴日留学生予備学校
野の花をコップに挿して教卓に置きくれし誰か偲はゆ今も
一九九六　日本語学校の非常勤講師をかけもちしていた。
東電のでんこちやん来て夜更かしのわれを戒めるごとき口ぶり
一九九七　留学生日本語教育センター
事務執りて留学生と淡く濃くかかはりながらじぶん見えずき
一九九八　歌劇「さまよえるオランダ人」
行かざりしベルリン・オペラの海荒れてお見合ひ相手の片耳ピアス
一九九九　井上ひさし『東京セブンローズ』
日本語は辛く残りてローマ字で入力してゐるじぶんの短歌
二〇〇〇　結婚して仙台市へ。
われにひとりの義姉あり宮下・クットリル・イメルダ・ヴェロニカ火の瞳して
二〇〇一　沖縄新婚旅行の前に見た映画「ナビィの恋」。
平良とみが口にするたび「アイシテルランド」にじぶんも行ける気がした

二〇〇二　転居して石巻市へ。
日常に雪ありしころ冬の夜も朝もじぶんはじぶんが嫌ひ

二〇〇三　旧北上川
いくつもの川を渡りてたどりつきしかの港町に死を思ひゐし

二〇〇四　石巻ハリストス正教会聖使徒イオアン聖堂
晩禱を覗き見たりき「イオアンはヨハネ」と教へられし夕べに

二〇〇五　漁協の人にまじって煮魚定食をたべていた。
震災後の消息を問ふこともなく思ふのみ魚町の食堂

二〇〇六　宮内庁の発表は「妊娠六週前後」。
親王妃三十九歳の懐妊を聞き流し風のごとくじぶんは

二〇〇七　仙台市若林区役所家庭健康課
漠然と不安ありとんぼ飛び交ひて母子手帳もらひたりし真昼間

二〇〇八　受洗。出産。
洗礼名に初めて呼ばれたりし日のわれは妊娠七か月なりき

二〇〇九　心の花全国大会で宮崎へ。
スリングに一歳の息子ぶらさげてじぶんは授乳Tシャツを着て

二〇一〇　映画「海炭市叙景」
路面電車の線路越えゆくうしろでの竹原ピストル見えなくなりぬ

二〇一一　三月十一日は父の七十歳の誕生日だった。

洗礼に古きじぶんは死にたりきそののち自由となりてじぶんは

二〇一二　牧水は死の不安が強くなかったであろうと伊藤一彦が書いている。

満四十三歳で死にし牧水と同じ歳となりかすか揺らげり

二〇一三　長谷川集平『およぐひと』

およぐひとに背中を向けてバスに乗りじぶんは「とおくへいくひと」だつた

二〇一四　聖書研究は「ホセア書」を終えて「アモス書」へ。

一籠の夏の果実の爛熟の裁きとしての渇きを渇く

二〇一五　友人は前穂高岳登山中に落石に巻き込まれた。

一二〇メートル滑落せしのちの雪上の死を見しやコガラは

二〇一六　教皇フランシスコ『回勅ラウダート・シ』翻訳者としてシンポジウムに登壇された。

瀬本神父の関西弁の率直はペットボトルをやはらかく拒む

二〇一七　「共謀罪ってなあに」講演会場駐車場。

ポロシャツの白さはやかに公安の人近づき来　五月の朝を

二〇一八　宮崎県都城市に転居。

土地の人のごとくに「みやこんじょ」と言はずわれは盆地に暮らしはじめぬ

二〇一九　家族三人で霧島連山の麓にある公共の温泉宿へ。

年越しの山田温泉「ゆぽっぽ」に紅白を見て初日の出見ず

チョークの匂ひ

松本典子
Matsumoto Noriko

1970年千葉県生まれ。「かりん」会員。早稲田大学教育学部国語国文学科卒。00年「いびつな果実」で第46回角川短歌賞、04年『いびつな果実』で第4回現代短歌新人賞を受賞。

前略　蔵王のダリア園から…と書き起こす愛に酔へりをさなくて　＊宮本輝『錦繍』

紅野敏郎教授に近代文学の礎を学ぶ

「雑司が谷の漱石の墓の前で」と言ふ教授ゐてハードルの上がる逢ひ引き

息をはづませ牧瀬里穂が駅かけ抜けるクリスマスイヴ　ひとりで過ごす

かぶけんと言へば株券のご時勢にたたきたり歌舞伎研《かぶけん》究会のとびらを

第一学生会館二十六号室

この部屋を火曜はシェアする「早稲田短歌会」邪魔ねえと言ひてゐたりしがまさか

おもへば二十歳のわれの背伸びよ並木座に「東京物語」わかつた顔で

窓をよぎる選挙カーからショウコウと連呼する声かぶりものの青いゾウ

くせの強いあなたの文字をさがす駅の伝言板　白いチョークの匂ひ

はじめて能を観る

岐路と知らず友枝昭世の「松風」を観てゐたり譲られしチケットで

平成四年四月刊行開始

『宮本輝全集』を購《か》ひ揃へたり青が散る春の初月給から

たまごつち育児の真似に興じつつ産みどきをわれは逸してゐたり

国立能楽堂に勤務

新作能「晶子みだれ髪」の楽屋にて辞儀うつくしき馬場あき子にまみゆ

うちに来て三年勉強しないかと〝馬場狩り〟に遭ひしも能楽堂にて

本当にわたしが産んだ子かしらといふ母よ　能のほか歌まではじめ

かたちなき舞は歌、ことばなき歌は舞といふ　いにしへの能役者はも　＊金春禅竹

9・11

崩れ落ちる感があるいつも　弧をゑがき飛行機がビルに突つ込んでから

テロや地震、津波に「言葉もない」などと折れたかも詠つてゐなかつたなら

第一歌集出版のお願ひに先生は編集部までご一緒してくださつた

「これに歌を吹き込んであるの？」と岩田正に言はしめて薄しフロッピーディスク

リストラや経営破綻に首をすくめ竦めて奨学金返し終ふ

このごろ巷にはやるもの　かの断・捨・離にほど遠くまた本がなだれつ

いくつかの写真と手紙、夏帽子　さつぱりと逝きて父の行李がひとつ

手触りへのこだはり『舟を編む』に知り辞書を離《さか》りし指がうづきぬ　＊三浦しをん著

一九九二年以降巻き戻されたのはオバマ米大統領の核廃絶運動による一度だけ

巻き戻せぬ平和とおもふあざ笑ふやうに終末時計の針進むたび

シャーロック・ホームズは留守　ベーカー街221Bに名刺残し来つ

ハロッズを出づるわれを見しガイドの眼いま中国の爆買ひに思ほゆ

ながく母を看てさいごまで看てふつと消息を絶ちてしまひたる友

アイボとふ犬型ロボット棲まはせむひとりゐの母とわれのすきまに

時を経ても変はらないもの

神楽《かぐら》、楽《がく》、乱《みだれ》にいたる稽古へとむかふ道すがらに桜ことしも

わがままな生きかたとおもふ夢ばかり追つてあなたを寂しがらせて

糸を手繰るやうに出逢ひて時に糸をさらふ風にも遭ひあゆみ来つ

つなぐものは言葉のちからツイッターに語り合ひいつか逢ふときを待つ

忘れ物の渚

梅内美華子
Umenai Mikako

1970年青森県生まれ。「かりん」編集委員。同志社大学文学部卒。91年「横断歩道《ゼブラ・ゾーン》」で第37回角川短歌賞、12年「あぢさゐの夜」で第48回短歌研究賞を受賞。歌集に『真珠層』等。

平成元年　大学入学

野うさぎが横切り恋人たちが座る万葉集のやうなキャンパス

初めて競馬を観た

武豊勝ちてわたしが負けた春それが平成の始まりだつた

平成二年　「京大短歌」合宿、丹波篠山

ふるさとになき湿度なり闇を押す牛蛙も汗をかきつつ鳴くか

初めて有馬記念を観に行つた

人波の間より見しオグリキャップ大歓声の波に揺られて

平成三年　古美術研究会で寺院ガイドのボランティアをした

「あ、さつき間違つてたで」通りすがりに真珠庵の和尚が告げる

平成四年　京都御所の東北、石薬師門の前に住んでゐた

夕食は「ほんやら洞」でカレー食べ恋と革命を無邪気に尋ねき

平成五年　上京、三鷹市に住む

またしばらく逢へないねと泣いてゐき鷗外と太宰の墓を見たあと

平成七年　阪神・淡路大震災

燃えてゐる神戸の黒煙を見るばかり電話がつながらないといふこと

地下鉄サリン事件、職場は神谷町だつた

助かつた私は職場に急ぐのみ地下鉄の入口に横たはる人ら

平成八年　小高賢さんから借りた歌集をタクシーに置き忘れる

緑なるコンドルタクシーは歌集のせ和光の配車センターに着きし

平成九年　雪の万里の長城へ

山上に石積みし人らその石を歩めば頬が霜焼けになりき

トイレの前にペーパー渡す人がをり中国の紙の貧しさの番人

平成十三年　アメリカ同時多発テロ

飛行機やビルや大きなものの中にみひらき叫んだ命がありき

平成十七年　カーナビをつけたばかりのタクシーに乗つた

助手席でカーナビいぢる客のわれこんなに楽しいタクシーあつたか

平成十八年　父の入院先のテレビで有馬記念を観る

不安なる歳末に緑の風が吹くどこまでも行けディープインパクト

平成十九年

西暦に十二を足せばいいんだよやうやく馴れて平成を数ふ

平成二十年　妹出産、甥が生まれる

ぽつぽつとぴんくの破片こののちを引つかくための爪が備はる

平成二十一年　渋谷警察署から電話が入る

言はるるまで気づかない困つた持ち主のキャッシュカードが保護されてをり

平成二十二年　干してゐた布団が強風で飛んだ

妖怪のごとお向かひのベランダに突つ込んでいつたわたしの布団

平成二十三年　東日本大震災、両親は東京に居た

雪の降る東北に詫びるふた親と連絡がとれた安堵ののちに

大揺れでずれたまま行く国なるか計画停電の前にお米を炊いて

平成二十四年　前夫佐々木実之死去

たくさんのことを教へてくれた人脳死となりて暗闇に眠る

平成二十五年　家の鍵を失くし駅に問ひ合せた

守るにはあらねど役に立つたらしい「クマの人形がついてゐますね」

平成二十六年　小高賢さん死去

警察から家に帰りてふつくらとした布団にて冷たき小高さん

姪が生まれる

おつぱいをくれる人ではなきわれに笑ひかける子いい子になるらむ

平成二十七年　九月、父死去

頰につく霜を撫でたり遺体安置冷蔵室より出で来し父の

平成二十八年　食材惣菜を入れた袋を電車の棚に置き忘れる

エコバッグ南武線の旅をしてゐるか餃子のにほひほのぼのたてて

平成二十九年　岩田正先生逝去

怖れつつ待つてゐたのだ先生がわたしにひと言下す「だめだね」

平成三十年　四十八歳

前向きなこと言ふために疲れてるフェイスマスクより液の垂れつつ

視力が急に落ちたやうだ

眼科医は微笑みながら何を告ぐ「左右のレンズが逆になつてますよ」

平成三十一年　スイカ定期券が見当たらない

拾はれしわが定期券幾人かの手を煩はせ着払ひで届く

ふるさとへの旅

松村正直
Matsumura Masanao

1970年東京都生まれ。「塔」編集長。11年『短歌は記憶する』で第9回日本歌人クラブ評論賞、14年『午前3時を過ぎて』で第1回佐藤佐太郎短歌賞を受賞。

1989年　入学
「天皇また崩御」を伝える号外が貼られていたり大学のトイレ

1990年
行射終了間際に放ちし一本が吸い込まれゆく的の真中に

1991年
麻原彰晃《しょーこー》を見に行こうぜと連れ立って秋、キャンパスの講演会へ

1992年
咳払いしながら厚きくちびるにカフカを語る池内紀

1993年　岡山

作家になる、東京にはもう帰らない　大垣夜行の窓が明るむ

1994年　金沢

むぞうさに詰める返品、書店には毎朝どっと本が届いて

1995年　阪神淡路大震災

新聞にならぶ名前を一つずつ確かめ探す友の名前を

1996年　函館

波寄せる「びっくりドンキー」にぎやかな厨房にいて海は見えない

1997年　福島

ありありと声が響いてくるような秋晴れ河野裕子の葉書

1998年

片付けを終えて深夜にひとり見るフィルムチェックの映画の街を

1999年　大分

見開きの住宅地図に集落が三つほどあり歩き調査す

2000年

結婚式してきましたと週明けに告げればバイト仲間おどろく

2001年　京都　アメリカ同時多発テロ

「昨日のあれ、すごかったよな」煙草吸う仲間と語る休憩室に

２００２年
一か月の息子を抱いてひと月も経たず亡くなる義父を見舞いき

２００３年
正確にフォークリフトが行き来して物流倉庫の朝はまぶしい

２００４年
「三十代は塔に捧げる」と言い切りし壇上のわたし三十三歳

２００５年　「塔」編集長に
どこの馬の骨かわからぬという言葉わたしは馬でも骨でもないが

２００６年　プラスチック成型工場
年齢かける十万という年収に達せしことあり生涯に一度

２００７年
二十四時間機械は稼働しているがにんげんは眠り昼をはたらく

２００８年
金型の下敷きとなりクリスマス前々日に金田くん死ぬ

２００９年
長崎まで来たというのにカピバラを触って撫でて息子動かず

２０１０年
お盆休み前の／職場の／飲み会の／帰りの／電話の／河野裕子の／死

酔ってひとを殴りしことあり辞めるしかなくて会社を辞めしことあり
２０１１年

人生の八年すべてを注ぎ込み『北の無人駅から』を書き上げしひと
２０１２年

歌を読み手紙を読めば親しくて家ではいつも国ちゃんと呼ぶ
２０１３年『高安国世の手紙』刊行

二十五年の知り合いなれど懐《なつ》くことなく死なせたり母のつれあい
２０１４年

トーチカは国境近くに崩れつつ赤紫のヤナギラン咲く
２０１５年『樺太を訪れた歌人たち』の取材

集まりし「あなたを想う恋の歌」選ぶ夜更けにあなたを想う
２０１６年

お母さんの様子がちょっと、はじまりは常にそういうものと知れども
２０１７年

ふるさとを懐かしむほどの歳となり冬の生家の跡を見にゆく
２０１８年『風のおとうと』を読む会

日本からやがてはいなくなるラッコ　烏賊喰い鮭喰いホッキガイ喰う
２０１９年

かなしばり

大松達知
Omatsu Tatsuharu

1970年東京都生まれ。「コスモス」選者・編集委員。「COCOON」発行人。14年『ゆりかごのうた』で第19回若山牧水賞を受賞。

1989年年2月。

大喪の礼の日だった。早稲田大学教育学部受けて落ちたり

4月、小さな予備校に入学。6月、天安門事件。本田幾子先生、お元気かな？

十八のわれは震えき「殺しても抑える、それが政治の正しさ」

1990年4月、大学に入学。英語で授業。

剽窃という語を知らず叱られて泣かされて泣けりプレイジャリズム

1991年2月、ロンドン郊外で五週間の語学研修。湾岸戦争中。日本人少なし。

〈Stop Gulf War〉のバッヂを胸につけて一時間ほど車道を歩く

外国であって異国でないような、パーカー買ってボールパークへ

1992年8月。米国ウイスコンシン州立大学に交換留学。シカゴに降り立ち、その夜、ホワイトソックス戦を見に行った。

スカイプもフェイスブックもなくて秋　ダンボールから週刊文春

友人が何度も「日本パック」を送ってくれた。

10月。人口二十万人の街にも彼は来た。

選挙権なくてたのしむ選挙戦ビル・クリントン四十六歳

1994年。大学五年生。

かなしばり夜毎にわれを縛りたりき　就職試験いくつか落ちて

1995年1月。阪神淡路大震災。

なぜわれは行かなかったか人生でいちばん暇な冬でありしを

4月。男子中学高校に就職。英語教員となる。二十四歳。

サンダルとワープロ買って小生意気だったはずだが思い出せない

川崎醇一先生、お元気かな。

十歳で進学塾の算数の教師にあこがれてから十四年

8月。〈柊二の旅〉に参加。中国・山西省へ。桑原正紀さんからお金を借りる。

個人からそんなに借りたことはなくそのあともない三十万円

1997年1月。吉祥寺に転居。

いまはなき近鉄百貨店のまえ宮英子さんに三たび会いにき

3月。結婚式@大学構内。司式はジェラルド・バリー先生。

よくあさにクラス替え会議ありましてニューオータニから八時出勤

1999年。中野区に転居。

定年まで転勤がない、いくたびか言ってそのたびちょっとなさけない

2000年9月。第一歌集『フリカティブ』刊行。二十九歳。

カタカナのタイトルはよせといちどだけそっと言いたり高野公彦

2001年9月。アメリカ同時多発テロ事件。その二週間前にニューヨークにいた。（そのあとシアトルでイチローを見た。）

サブウェイに乗ってメッツを見にゆけり新庄剛志ながほそかりき

今おもえばプレッシャーはあったのか。

はじめての高校三年担任は、夜毎の酒の増えにけるかも

2002年。テレビとラジオで中国語をすこし習う。

覚えたる〈你多大了《ニードゥオダーラ》〉これまでを使うことなく脳《なずき》にありぬ

2003年。ふたたび中一の担任。

オーマツさんもいろいろモンダイあるけどさっ、さっ、と言われてずっと忘れず

2005年。千葉ロッテマリーンズ日本一。修学旅行引率中に日本シリーズ。選手たちに遭遇。

神様はいると思えり神戸にて同宿たりし三戦目の夜

2011年3月。東日本大震災。

家にいて採点をしていたことをそのたび言えり言えば忘れず

２０１２年５月。娘誕生。四十一歳。

上の子と呼ぶことのなしこの先もずっとひとりのひとり娘を

おおよそはおばちゃんおじちゃん　ひろやかに歌と人間ははぐくまれたり

２０１４年。「桟橋」終刊。

じつはその前にはいじめ事件ありき合わせてときに思ういくたり

２０１５年２月。若山牧水賞をいただく。

検察のまねごとをして問い詰めきLINEで撒かれし変顔写真

２０１６年９月。同人誌「COCOON」創刊。

終刊の日を思うなくえいやあ！とはじめたり厚さ五ミリの雑誌

その前に動作を示す語がつけばニンと訓《よ》む　われ発行人なり

２０１７年４月。〈ＮＨＫ短歌〉講師。11月、父逝去。

納棺を済ませてのちの昼ながしそのまま渋谷に行って収録

２０１８年。近所に転居。

サンプラザとおくに見える丘の上いまそこにある中野サンプラザ

２０１９年。娘、小学校に入学。

うすうすは気づいていているかちちははと四十一の歳の差の意味

赤き星

横山未来子
Yokoyama Mikiko

1972年東京都生まれ。「心の花」会員。96年「啓かるる夏」で第39回短歌研究新人賞、08年『花の線画』で第4回葛原妙子賞を受賞。「短歌研究」うたう☆クラブコーチ。

家で過ごすことの多い日々。

布のうへにランプと本と林檎置きゑがきてをれば終りなきかな

十七歳　大学入学資格検定受験。

はつなつの風をまとへるさまをおもふ被服気候といふ言葉より

三浦綾子自叙伝『道ありき』と出会ふ。

とろとろと流れてゐたる時のなか帆のたかき船見えはじめたり

家をバリアフリーに改築。その間、別の町に仮住まい。

斜向かひに十字架の見ゆる家に来ついつからかわが待たれてゐたる

二十歳　川﨑嗣夫牧師より受洗。

シベリアより帰り牧師になりしひとの六十代の掌《て》より水を受く

自宅に戻る。新しい台所がうれしかった。

ふくらめる卵のちから見つめゐるわれにひと度の若さはありき

夕風に欅のこずゑさやぐ頃四匹の魚買ひてかへらむ

「心の花」に入会。

きらかにわが前にあり夏の日のてんたう虫をはらふ歌など

二十四歳　短歌研究新人賞受賞。愛犬死去。

庭に出で写真撮らるるわが横に尾をふりてゐつ音のするまで

第一歌集『樹下のひとりの眠りのために』出版。

角背花布色校といふことばなどをりをり言ひて待ちし秋あり

一九九九年十月十二日　三浦綾子さん召天。

〈旭川市豊岡二条〉幾たびもわれは書きにききみの住むゆゑ

痩せて警戒心の強かった野良猫が、いつのまにかわが家の猫になった。

ある日よりわが部屋に入りある日よりベッドにねむりわれを待ちたり

三十歳　聴講生になり、初めて大学の講義を受ける。

ま昼間を暗くされたる教室に古き映画の光ふるへつ

いくつかの異類婚姻譚のこと聴けり二本の脚を垂れつつ

おほかたは冬の記憶よ池の辺を囲む落葉のあをく昏れゆく

大きな流星を見た。

燃え果つるまでのあかるき光跡をしまひておかむわれのひと生に

愛猫が喉を病み、ある夏の日に姿を消した。

窓枠に跳び乗るときのかるき音に覚むれどそこにわが猫はゐず

大学の情報システム課に入職。

キャンパスのはづれに菩提樹の花の散るらむけさのこころ甘しも

文字列の色にかたちに変はりゆくふしぎ見つ淡き光のなかに

人疎らとなれる八月刈られたる芝生のにほひ熱きを嗅ぎぬ

迷っていた仔猫を拾う。

あたらしき雪のごとくにしづかなるきみを両手に掬ひたるかな

母を呼び呼び疲れたるそののちのからだ折り曲げ昼夜ねむりぬ

二〇一一年三月

なにものか降りそそぐらし葉も花も昨日のままのやうに照りつつ

二〇一四年　一日一首を一年間。

ひとすぢづつ葉脈を描きくはへゆき三百六十五日過ぎたり

二〇一五年　書道を始めて三年。田中節山先生より「京節《けいせつ》」を受号。

紙のうへにはづみてつよき線をなす穂先みつめむ師のかたはらに

二〇一六年　久保田利伸さんデビュー三十周年。

吸ふ息を放ちて音をあやつれる身はちかぢかと今し在るなり

二〇一七年十二月　ジャイアントパンダの赤ちゃん香香《シャンシャン》に会う。

切り株の蔭にゆらりとうごきをりこの世にいまだ慣れぬごとくに

二〇一八年七月五日　父・横山泉死去。

厚き本の燃えがたければ羽のごとくひらきて置かる胸の上へと

父は医師だった。

落とさぬやうにしづかに拾ひをさめたりまるき大腿骨頭はわれが

七月三十一日　十五年ぶりの火星大接近。

夜の風にふかれて赤き星をあふぐひとり失せたるこの地上にて

土ににじむ雨の音よりはじまれるこの朝をわが識《し》りゆかむとす

私がオバさまになっても

斉藤斎藤
Saitou Saitou

1972年東京都生まれ。「短歌人」編集委員。03年に「ちから、ちから」で第2回歌葉新人賞を受賞。「短歌研究」うたう☆クラブコーチ。歌集『渡辺のわたし』『人の道、死ぬと町』。

2001年（平成（で検索すれば）13年）に短歌をはじめた、それより前の記憶が、ない。記録が、ない。わたしには記憶は、推論だ。

自転車に乗れると思う、乗ってみる、乗るとすんなり乗れるからには

「先日の作文は、東北旅行を題材にした作文でした。文章はきちんと書けていますし、車中から眺めた風景や停車駅での駅員の様子なども丁寧に書かれていますが、どうも人間が、というか感情があまり出てこない感じなんです」

乗る練習が、いつか、あった。と考えられる。補助輪を外す公園？で

「みんなでいるときと一人のときと、まったく同じ姿勢なのです」

見守る父？が、いつか、あった。と考えられる。でもこれが、じぶん

「一日に一回は、しっかりと抱き締めてあげてください」

？感じた感じが蘇ら、ない。国民がスマートフォンを持ち歩く前、

「私はもちろん、毎日抱き締めてさしあげた。しかし、理由なく抱き締めたわけではない。「よく、がまんなさいましたね」とか、「いい子にしてらっしゃいましたね」とか、日によって抱き締める理由を見つけて、抱き締めてさしあげることにした」

めずらしいものを見、見たと立ち去って、ただ忘れ去っていたように

「クリスマスまで待ちましょうね」
「お誕生日まで待ちましょうね」

前のわたしはじぶんに興味が持て、なくて。記憶し、ないから感じ、

「もっとはしゃぐとか、失敗するとか、少年らしい興奮ぶりがなくて寂しい。人間味に欠ける」

ないのかもしれ、ない。前のじぶんは歌にでき、ない。前のじぶんは

「取材のカメラを嫌がって、後ろを向いてはいけませんよ」

歌わ、ないから。だから記録を下されば、はい。これが、あなたの過

「しかし、ラッシュアワーの経験のない者が、ここには最低一人は居るからなあ」

去のじぶん。と黒いファイルを賜れば、どんなじぶんも乗りこなせる

「幸福な人に育てるというよりも、どんな境遇のもとでも幸福になれる人に育てたい」

気がする。これ、が、わたし。と、生きてゆける気がする。わたしは

「大学生活は慣れるまで大変でした。夜遅くまでずいぶん勉強しました。リサーチペーパーなどが出ると、図書館で資料を集めて読んで分析し、英文タイプを打ちます」

じぶんが強いとよく見なされて、敬遠されたりなつかれたりしてきた

「あまりに優秀なので驚きました。謙虚で優しいご性格だけど自分の意志をはっきりと持った女性だというので、理想にぴったりだと思いました」

けれど、わたしは、じぶんの希望は、ない。言うべき時には目を見て

「話が長すぎる」
「お守りしてさしあげたいなどとはお立場を弁えていないのではないか」

物を言うけれど、わたしは、じぶんの意見は、ない。そのテーブルが

「相手が受け入れてくれるという状況が確認できれば、安心して力が発揮できるタイプなのではないでしょうか」

丸くおさまる落としどころをテーブルの誰も言わないなら言うだけだ

「衣装などには、さまざまな細かいコード、しきたりがあります。ベールの長さ、手袋の長さひとつとっても場違いであったり身分に相応しくないものであったりしてはならないのです」

わたしにはやりたいことは、やりかただ。どうにも右折が苦手なら。

「緊張を隠せなかったようだ。乾杯のときに手袋をしたままで一気に少量の杯を空けられ、皇太子よりも早く杯を降ろされてしまった」

五分早く家を出、三回左折すればいい。情報を集め分析すれば、少しだけ時間をもらえれば、やりかたは、ある。見つけて、やる。そうしてきた。でもここでやるべきことは、やりかたを守ること。定められたやりかた、定められた時刻、定められた序列を守り、なぞること。

「お二人は何となく近づき難い。何をお考えになっているのかが民衆にはよくわからないご存在であられる。私はそれで良いと思うのです。それで良いだけに、ますます民間女性の影響が天皇家において強すぎるというイメージを抱く人が出てくる。これが良いことかどうかを考えてみたいのです」

「ご本人の意思を忖度しつつ、よきにはからうのが皇室の側近というものではないでしょうか。欠席の理由は、いまだによくわからないのですが、葬儀欠席について申し訳ないという気持ちや、ていねいな理由の説明が伝えられたなら、周囲や世間の見方もずいぶんと違っていただろうに、と思います」

「散歩をすれば治りますよ」
「考えないようにすれば眠れるようになりますよ」

「秋篠宮夫妻ですが、紀子妃は出産直後の九月一一日に四〇歳になりました。高齢出産で、しかも帝王切開の予後や赤ちゃんの養育を考えると、直ちに更なる慶事を期待するのは酷かもしれません。ただ、夫妻がどう考えるかも、これからでしょう」

なぞろうとした、なぞりかたを見つけるために、考えた、考えている

「もうはりぼてにでもならなければ」
「ロボットであっていいと思うが、ロボットであってもならないと思う。そこがむずかしい」

と、やりたくない、と見なされた。やりたいことしかやらないお人、

「人はうまくできてはいるが少々複雑なシステムに、平衡力を保たせておきたかったのではなかったか。そして共和政の頂点に、抑制がきき、穏健な、それゆえ慎重で思慮深い権力を配置しておきたかったのだろうか」

と敬語で当てこすられ慣れた。じぶんを殺しておかわいそうに、と敬

「宿命だから仕方なくやっているのではなくて、多少なりとも主体的な意志をもっていると思うんですよ。国民のために「無私」でいることを自らに課しているとはいえ、主体性がゼロというわけではない」

語で憐れまれ慣れた。こうして誰もがじぶんを語る。語れ、ないわた

「あの、本当にわたくしでよろしいのでしょうか」

しの口からじぶんを語る。慣れた。慣れられ、なかったのはあなたの

「感謝したい点は、まず、雅子がそこにいてくれることです。雅子がいてくれるだけで心が明るくなるのを感じます」

誠実さ。じぶんを持た、ないよう生きるあなたは、わたしのじぶんを

「天皇陛下のお歌を「大御歌」（御製《ぎょせい》）といい、
そして美智子皇后のお歌は「御歌」という」

持とうとした。あなたのじぶんの代わりのように、わたしのじぶんを
守ろうとした。わたしにはじぶんは、ない、と、言え、ない。なくす

語らひを重ねゆきつつ気がつきぬわれのこころに開きたる窓

わたしが　おばさまになったら　あなたは　しんぼるよ
かっこいいことばかり　いっても　きもちに　お　がつくのよ
わたしが　おばさまになっても　ほんとに　かわらない？
とてもしんぱいだわ　あなたが　じんかくが　すきだから

ためにわたしは、なくすじぶんを見つけなければ。おしころすために

国民の理解を得られることを、切に願っています。

わたしは、じぶんの気持ちを感じなければ、申し訳ない、後半へ続く

主な引用・参考文献　小坂部元秀『浩宮の感情教育』、浜尾実『「可愛がる」から「愛する」へ――雅子さまに受け継がれる美智子さまの『しつけ』の原典・12章』』、薗部英一『写真集　プリンス・浩宮』、友納尚子『ザ・プリンセス　雅子妃物語』、岩井克己『天皇家の宿題』、西尾幹二『皇太子さまへの御忠言』、『入江相政日記』第五巻、山下晋司監修『天皇陛下　１００の言葉　国民に寄り添うやさしき御心』、アレクシス・ド・トクヴィル『フランス二月革命の日々――トクヴィル回想録』、小林よしのり・井上達夫『ザ・議論！――「リベラルVS保守」究極対決』、「短歌研究」二〇一九年一月号。

馬手と弓手

遠藤由季

Endo Yuki

1973年愛知県生まれ。「かりん」編集委員。「ロクロクの会」会員。04年「真冬の漏斗」で第1回中城ふみ子賞、11年『アシンメトリー』で第11回現代短歌新人賞を受賞。

〈平成《へーせー》〉ってなんか軽いね制服のわれら自転車漕ぎつつ言えり

第二次ベビーブーマーのわたしたち

推薦で大学決めやがってムカつくと賀状にありぬＬＩＮＥにあらず

学食にチキンカツ食む酒石酸不斉合成実験ののち

鏡像体選る実験をしたる夜に馬手と弓手をめあわせてみる

さくら散る千鳥ヶ淵で焼き芋を分け合う出会いをせりあなたとは

『化学辞典』にサリンの構造式はなしウィキペディアまだなかったころの

就職氷河期

おんなにはどこに扉があるのかも知らされず汗ばめりスーツは

Windows 95

パソコンは二人で一台あさがおを育てるようにファイル増えゆく

ういろうのようなもっちり肌の子が冬の賞与を嘆いておりぬ

キラルなるわれの両手で明日よりは煮炊すさよなら化学薬品

この町には良いパン屋なしと思いつつそれから十年その町に住む

インターネット博覧会「インパク」というものがあった

一首にて宿泊チケットもらいたり黛まどかに特選もらって

足早にさくら駆け抜けゆく春の赤ワインボトル舗道に割れる

真夏日に解雇されたる人のあり幻となるうな重のあり

中島みゆきが地上の星を唄うころ地上に万の深闇ひらく

一生分詠いつくして出がらしの人称としてしまいき「きみ」を

ひとのこころはどうにもできず泣きながら食べながら彼方だけは見ていた

出逢いとは遅れてくるもの刺すような流星群は一度きりなる

中城ふみ子賞

もぎたての時田則雄のトマト食む夏の帯広みずみずとあり

再就職

久しぶりに給与を得たり皆人の得るべきという給与を得たり

この夏の母に受給の始まった年金われらにはしんきろう

萌葱色の着物も月白色《げっぱく》の雪も厚く塗り込めたる黒き波

言の葉の滝のごとくに流れおるツイッターへと指を浸しぬ

冬の日の歩道のような年はあり人と風のみ往還をする

苗字戻さず誰かと墓石を分かち合うこともなからむわたしの骨は

一等星わっと出そろう冬空の華やかなるをどこへかえらな

超結社の会「ロクロクの会」発足

ロクロクは66年ではありませんまずはビールで乾杯します

さみどりの封筒として健診の結果を一晩眠らせておく

岩田正先生逝去

風の日の銀杏並木のまぶしさを逝きたる人のまぶしさとせむ

かりん四十周年

幾たびもわれらをかりん漬けにしたうつわの深さ身に沁むるなり

このままでいいのだろうか絶えることなきその声の今日は風花

早春

佐藤モニカ
Sato Monica

1974年千葉県出身。「心の花」会員。15年小説「カーディガン」で第45回九州芸術祭文学賞最優秀賞、17年詩集『サントス港』で第40回山之口貘賞、18年『夏の領域』で第62回現代歌人協会賞、第24回日本歌人クラブ新人賞を受賞。

早春は馬のごとくに駆けてきて背伸びしみがくその馬の背を

時雨してやさしくなりし町のなか輪郭あはく友と溶けゆく

鞦韆のなき公園にふたり来て揺らすことなき両脚垂らす

この夏を閉づるためかがる糸の欲しうすあをき絹の糸をひと束

ロッキングチェアに微睡む母の上流星群が駆け抜けてゆく

それぞれの青を滲ませ行く街の夏生まれなるわれといもうと

人よりもちひさき踵持つゆゑに発つときわづか遅るるわれか

ゆふぐれにひとときは明るく輝ける銀河のありて祖父の声する

多年草タンポポの黄を取り込みてけふの心の少したくまし

をちこちに星を散らしてまた集め夕べ木べらににんにく炒む

葉桜の緑まばゆし潔く別れしものの行方問はねば

昼の窓磨きてをればシャボン玉のなかなるごとしこの世のことは

一つづつ手放し今は数隻のボートが胸をただよへるのみ

ストールに肩をつつみて待ちゐたる秋を思へり　何待ちゐしか

川面には風の吐息の残されてうつとり覗く橋のうへより

秋天はやさしくひろく深きゆゑ白き脚もつ馬たちが行く

ローズウォーターしつとりやさし近頃は尖り気味なる心にもつけ

とほき世の犬の遠吠え聞くやうなさみしさ湧き来コスモス咲けば

立つときにわが身に垂るる細き尾のあらば揺らさむこの先の道

勝手口ある家に住みしことはなく扉ひとつの人生すずし

スモモジャム煮詰めてをれば気づきたり果実も人も肩より溶けると

折々に貝や魚の声混じる海風向かひ歩きゆくとき

幾つもの橋を渡りて戻り来る明け方のわれ水濃くにほふ

夢のなかの夢を語りてこの朝のテーブルに蜜滴らせてをり

東京のどこかに忘れ来しタオル白き翼となりて翔ぶらむ

額《ぬか》といふさびしきものを傾けて挨拶をせり朝毎人は

身ごもりて次第花芽となる臍に触れればやはき春の感触

新生児室に並びてみどりごは繭の色した産着着てをり

幾度もたたまれちひさくなる街の片隅にある白き港は

夜の道吾子と歩けば月光に打ち粉をされて耀く猫をり

みづからの風を曳きつつ園へゆくみどりごは春をさなごとなり

葉桜

後藤由紀恵
Goto Yukie

1975年愛知県生まれ。「まひる野」会員。06年『冷えゆく耳』で第6回現代短歌新人賞を受賞。

十四歳

みな同じ水を容れたる身体なり机はつねに黒板に向く

あの子にはあってわたしに無いものに埋めつくされてひかる教室

細ひもの黒きリボンを揺らしゆく少女の群れよりすこし離れぬ

「この先も挫折はきっとあるだろう」角の折れたる受験票ありき

友達になりきれなかった人たちのおぼろおぼろと消えゆくものを

はじめから死者として逢う寺山《テラヤマ》修司の処女地の端にしばし佇む

白線の内側に立つここよりは出てはならぬと母の声して

一九九五年一月　阪神・淡路大震災

ありあけの夢ごと揺れて目覚めたる冬の朝の昏さのなかに

地下鉄サリン事件から二十三年

しろき手をかさねて眠る人の手に透けいるあおき血管のあり

背になにか触れてはいるが確かめることの出来ずに揺れいるばかり

大学夜間部へ編入学

夜学なれば森の閑けさ図書館の大漢和辞典に字を拾いつつ

若くなき学生もいてほつほつと仕事のことなど偶に話しぬ

肌さむき書庫にしずかに並び立つ『万葉集評釈』時間はちから

自宅介護は六年に及んだ

祖母は祖母の布団に小さく眠りおりこの世のことは圏外として

忘れゆく祖母を責めたるある夜のわが声にがく胸にのこりぬ

豆苗が春の窓辺に育ちゆく速さを追えずひたすらに伸ぶ

何日めかもはやわからぬ雨の日のビニール傘もよれよれである

もう何も話さぬとばかりに空だけを見つめつづけし祖母に降る雪

東京へ

風神と雷神従えやすやすとわれを娶りしあかるき声に

せんそうに負けたわたしのからだから書き換えられるひとつの秩序

辛すぎるキーマカレーにしばらくはしずかなふたり　どうぞこのまま

一分は時に長くて沈黙に負けたあなたに謝られており

二〇一一年三月　東日本大震災

かなしみのきわまるところ常に咲く桜のありて風に吹かれよ

やわらかな部分を差し出し護られる夢より醒めし深井とならん

輪郭はつねに濃くあるわたくしであるように飲む若葉青汁

祖父祖母のみな去りしのち正月に旗を上げよという声あらず

葉桜のいきおいを借り東京にふたたび暮らす四月まばゆし

あずさゆみ音なき雨に濡れながらみどり増しゆく葉桜を見る

首すじの寒きまひるま一人居の部屋に巻きたるマフラーの赤

双の手に春の光を抱くごと学園通りの今朝は満開

平成最後の年に

秋に伯父、冬には伯母の身罷りて見ることのなき花の咲きそむ

枇杷の実

永田 紅
Nagata Koh

1975年滋賀県生まれ。「塔」編集委員。京都大学大学院農学研究科博士課程修了、京都大学特任助教。97年『風の昼』で第8回歌壇賞、01年『日輪』で第45回現代歌人協会賞を受賞。

平成元年（13–14歳）　中学入学と同時に歌を作り始めたので、平成と歌歴がほぼ重なる。ベルリンの壁崩壊。

中二病なんて言葉のなきころに中二は壁の崩壊を見き

平成二年（14–15歳）　『オルフェウスの窓』『ポーの一族』を愛読。

ソビエトの時代にロシアに憧れぬドイツの地名のいくつかを覚え

平成三年（15–16歳）　同志社高校進学。

「礼欠」は礼拝欠席　重なれば校長室行きの噂がありぬ

平成四年（16－17歳）　塾の帰りが遅い日々、叡電岩倉駅まで母が車で迎えに来てくれた。

お迎えと弁当作りを風草のそよぎのように思いていたり

平成五年（17－18歳）　内部推薦で大学へ上がる同級生が多い中、受験をするのは少数派だった。

文化祭の大道具係　お屋敷の家具塗りながら焦りていたり

平成六年（18－19歳）　駿台予備校京都校で浪人生活。

浪人をしたから受かるという保証なく　夏のある日は鉢植えを買いぬ

平成七年（19－20歳）　阪神淡路大震災はセンター試験の二日後だった。京大農学部入学。

受験が済めばボランティアへと思いいしが果たせざりしこと今も思える

平成八年（20－21歳）　テニス、短歌、国際交流、文芸サークル。

サボることまでもが保証されていた鴨川の岸　二十一歳

平成九年（21－22歳）　第八回歌壇賞受賞。

山中智恵子、森岡貞香に会いたりき外濠沿いのアルカディア市ヶ谷

平成十年（22－23歳）　四回生になり、生化学研究室へ分属。

大腸菌三リットルを培養し精製をする日々のはじまり

平成十一年（23–24歳）　大学院へ進学。

欠詠をするなと言われ言いくるる人ある幸を思わざりしか

平成十二年（24–25歳）　母、乳癌の手術。第一歌集『日輪』刊。

病人が出れば家族の骨格があけぼの杉に透けて吹かれぬ

平成十三年（25–26歳）　9・11

夜のラボのパソコンに見て帰宅せりその後幾度もテレビに見たり

平成十四年（26–27歳）　子宮内膜症で腹腔鏡手術、その後ホルモン治療。母方の祖父死去。第二歌集『北部キャンパスの日々』刊。

低空飛行の我を連れ出しひな菊のワンピースを買いくれたり母は

平成十五年（27–28歳）　雑誌の撮影。

シャッター音葉桜の下に聞きながら未来の夫に出会っていたとは

平成十六年（28–29歳）　学位を取得し、博士研究員として東大へ。心臓が止まりがちになり、ペースメーカー植え込み。

目の前が暗くなったりあるときは白くなったりひとりの部屋に

平成十七年（29–30歳）　細胞の中の「脂肪滴」の研究をしていた。

二十代終らむとしてラーメン屋にも一人で行ける　山手ラーメン

平成十八年（30－31歳）　高三の夏、四回生の夏、M2（修士二年）の夏などという呼び方。

学年を失いしのち年月を名づける術のなきことを知る

平成十九年（31－32歳）　第三歌集『ぼんやりしているうちに』刊。

ぼんやりとするにも微妙な心身の力加減がありて花冷え

平成二十年（32－33歳）　博士研究員として、四年ぶりに京大へ戻った。七月、母の癌再発。

猫二匹いる生活は風吹けば耳の毛先にまで風が吹く

九月、母方の祖母死去。

餡を炊きサルトリイバラの葉でつつみよもぎだんごを作るのが祖母

平成二十二年（34－35歳）　四月、結婚式。八月、母死去。

さみしさを三枚におろして中骨の部分を父が引き受けたのか

平成二十三年（35－36歳）　十月、父方の祖父死去。

門構え子どものころより変わらぬをいつしかガレージより車消えたり

平成二十四年（36－37歳）　財布の中にいつまでも。

母にもらいし二千円札そのように使えぬものがうっすら溜まる

平成二十五年（37―38歳）　三月、京大助教に。八月、娘を出産。

月数で数える時間が産む前も生まれてからもほの明かりして

平成二十六年（38―39歳）　集団的自衛権閣議決定。

社会詠ほとんど作らずきし我もいま危機感を強めて詠めり

平成二十七年（39―40歳）　大したことも出来ないままにお迎えの時間に。

忙しさは繊維質なりほぐさむとすれば絡まり夕暮れがくる

平成二十八年（40―41歳）　夫の肩の上が子どもの定位置。

肩車の高さをいつか子は降りて枝にさやりし日々と思わむ

平成二十九年（41―42歳）　足場とは。

「昭和の人」のつもりで生きてきたけれど我が七割を占むる平成

平成三十年（42―43歳）　食卓はいつも雑然として。第四歌集『春の顕微鏡』刊。

第四歌集ゲラの厚さよ枇杷の実をはじめて食べる子の傍らに

平成三十一年（43歳）　使い続けてきたガラケーがついに壊れ、スマホデビュー。最新のiPhone XS。しかしこの機種も、すぐに古い型になるのだろう。

ガラケーをスマホに替えて縦長の家族写真が増えてゆくなり

念力七転び八起き～私の平成仕事年表～

笹 公人
Sasa Kimihito

1975年東京都生まれ。「未来」選者。現代歌人協会理事。牧水・短歌甲子園審査委員。歌集に『念力家族』(NHKで連続ドラマ化)等。

平成元年 一九八九年（14歳）歳） 中学二年。夏休みの自由研究は心霊研究。

シャーペンでニキビ潰しつつたまきわる心霊研究に勤しみし夏

平成二年 一九九〇年（15歳） 毎日毎日ＹＭＯばかり聴いていて家族を心配させる。

「ＹＭＯベスト」と書いたシール貼りメタルテープの爪を折りけり

平成三年 一九九一年（16歳） 高校一年。ラッシュ時の山手線に乗るのは苦行だった。

ガラスに頬押しつけながら絶対にサラリーマンにはならぬと決意す

詩を書けば詩人になれる。さはあれど中原中也の瞳あやしも
平成四年 一九九二年（17歳） 高校二年。詩を書きはじめる。

『寺山修司青春歌集』手にとれば約束のごと歌詠みはじむ
平成五年 一九九三年（18歳） 高校三年。寺山修司没後十周年。

模試の紙の裏に書きたる歌などを楳図先生に見せた猛暑日
平成六年 一九九四年（19歳） 浪人決定。吉祥寺の東進ハイスクールに通う。
近所に仕事場がある楳図かずお先生によく人生相談をしていた。

渾身のシュールなジョークを危ぶまれ俺ひとりだけ落ちた面接
平成七年 一九九五年（20歳） 日大芸術学部二次試験の面接で失言をして不合格。二浪決定。

いくつもの奇縁と晶子に導かれ古き学び舎のアーチをくぐる
平成八年 一九九六年（21歳） 創作に打ち込むために、文化学院に入学。

手のひらに溜めたひかりをゼロに放ち生き返らせる魔女はおらぬか
平成九年 一九九七年（22歳） 愛犬のゼロが熱中症により急逝。ペットロスに苦しむ日々。

恐いほどCD売れずも河口湖で母船UFOに遭遇したり
平成十年 一九九八年（23歳） ボーカルを務めるテクノポップユニット・宇宙ヤングでローランド・バンド・パラダイスに出場し、大賞を受賞。CDデビュー。河口湖で巨大なUFOと遭遇。

平成十一年 一九九九年（24歳） 「未来短歌会」岡井隆選歌欄に入会。

岡井大人《うし》に手紙を書いてノストラダムス予言の月に「未来」入会

平成十二年 二〇〇〇年（25歳） 国立の「にっけん教育出版」でバイトに励む日々。たまに作詞の仕事も。

歌集歌書鞄に詰めてしろたえの美穂さん目当てに通うファミレス

平成十三年 二〇〇一年（26歳） 宇宙ヤング再結成。宇宙ヤング with 高橋名人「ハートに16連射」がネット上でヒットする。

死亡説流れし高橋名人とデュエットすれば湧くネットかも

平成十四年 二〇〇二年（27歳） 主催したライブイベント「高橋名人のBugってナイト」が話題となる。

「首都の会」の世話人しつつ飲み会の三千円は出せぬ寂しさ

平成十五年 二〇〇三年（28歳） 第一歌集『念力家族』を刊行。車にはねられ左肘を粉砕骨折。一ヶ月間入院する。

左肘の鈍き痛みに耐えながら『念力家族』を送り出す夏

平成十六年 二〇〇四年（29歳） 『念力家族』新装版を刊行。「ＳＦマガジン」「サイゾー」「わしズム」などで短歌を連載。

「クリスティで打ち合わせ」などと手帳に書き連載こなす日々は楽しも

平成十七年 二〇〇五年（30歳） 『念力姫』、『念力図鑑』を刊行。ＮＨＫ「日曜スタジオパーク」、日本テレビ系「爆笑問題のススメ」などに出演。

ＨＧのコスプレで短歌講じればワイドショーでも触れられにけり

どこまでも伸びゆく投稿欄の底で燐光放つ笹井くんの歌

平成十八年 二〇〇六年（31歳） J-WAVE「笹公人の短歌Blog」終了に伴い、短歌投稿ブログ「笹短歌ドットコム」を開設。

ふるさとは同じ星かも朱川さんと遊星ハグルマ装置仕掛ける

平成十九年 二〇〇七年（32歳）「ポプラビーチ」にて朱川湊人氏とのコラボレーション連載はじまる。二〇一一年に『遊星ハグルマ装置』として単行本化。

またひとつセリフが飛んで早朝のスタジオの吾の背を伝う汗

平成二十年 二〇〇八年（33歳）『抒情の奇妙な冒険』、『笹公人の念力短歌トレーニング』、絵本『ヘンなあさ』を刊行。映画「その日のまえに」（大林宣彦監督）に出演。

上の句を鍛えることを思い立ち角川春樹の句会に学ぶ

平成二十一年 二〇〇九年（34歳）「かいぶつ句会」、「河」で俳句に打ち込む。

「短歌だけやればいいのに」細野さんの言霊でついに気づきたるわれ

平成二十二年 二〇一〇年（35歳）和田誠さんとの共著『連句遊戯』を刊行。細野晴臣さんのイベントにて、宇宙ヤングが前座を務める。

3・11なにかに目覚め逃げていた王仁三郎歌集編纂に挑む

平成二十三年 二〇一一年（36歳）朱川湊人さんとの共著『遊星ハグルマ装置』を刊行。

母方の先祖の縁か名古屋にて「未来」選者就任スピーチ

平成二十四年 二〇一二年（37歳）「未来短歌会」選者就任。「牧水・短歌甲子園」審査員に就任。

平成二十五年 二〇一三年（38歳）『王仁三郎歌集』（出口王仁三郎・著 笹公人・編）を刊行。

千日の選歌行《せんかぎょう》終え『王仁三郎歌集』世に出す 使命《ミッション》なれば

平成二十六年 二〇一四年（39歳） 大正大学客員准教授、文化学院講師に就任。現代歌人協会理事に就任。
「角川短歌」にて「ハナモゲラ和歌」連載スタート。

強き念飛ばせど居眠りやめぬ彼は二十年《はたとせ》前のわれかもしれず

平成二十七年 二〇一五年（40歳） NHK Eテレにて連続ドラマ「念力家族」がスタート。
文庫『念力家族』、『念力ろまん』、俵万智さん・和田誠さん・矢吹申彦さんとの共著『連句日和』を刊行。

Eテレの連続ドラマとなりにけり『念力家族』に籠りたる念

平成二十八年 二〇一六年（41歳） Eテレドラマ「念力家族」第2シーズンスタート。さかい利晶の杜にて「念力歌《か》ふぇ」開催。『小説 念力家族』（原案・短歌：笹公人 著：佐東みどり）を刊行。

晶子さんに呼ばれた気がした利晶の杜「念力歌《か》ふぇ」に市民つどえり

平成二十九年 二〇一七年（42歳）「月刊ムー」の連載「オカルト短歌」がスタート。『ハナモゲラ和歌の誘惑』を刊行。
ウズラを飼う。ずっちゃんと名付けて可愛がるが、秋に亡くなる。

ご主人の新刊の上《え》に糞をしてすまし顔なるウズラのずっちゃん

平成三十年 二〇一八年（満43歳） 短歌人口を増やすという目標のもと精力的に歌会を行う。十日間の断酒に成功。

芦屋渋谷中野荻窪六本木武者修行のごと歌会こなす

平成を卒業します いくつかの「大災害」とう禊ぎを終えて

昭和51年〜平成元年生まれ

これでしまひや

黒瀬珂瀾
Kurose Karan

1977年大阪府生まれ。「未来」選者。富山市呉羽の願念寺住職。03年『黒耀宮』で第11回ながらみ書房出版賞、16年『蓮喰ひ人の日記』で第14回前川佐美雄賞を受賞。

一九八九、大阪泉北、母の実家。自粛ムードの正月。大人たちの声だけ覚えてゐる。

もうこれで終ひや、といふ声々の蟹折る音の奥より聞こゆ

一九九〇、大阪天王寺。カトリック系の私立男子校に。

なにゆゑに詩歌を生の道連れとして朝の道まだ修羅知らず

中学二年、古本屋で「やおい」漫画同人誌を知った。

美しき男と男からみあふ漫画うれしも脛毛のなくて

高校二年、図書室で前衛短歌を知った。

塚本はまだ生きてゐる、かささぎの霜のごときのこの悦びを

僕の小説の所為で特別授業が開かれた。

同性愛は神の御心に背きます、イタリア人神父の日本語かたし

阪神淡路大震災、一時休校。

もうこれで終ひや、といふ叔父の声燃えたる町のほとりにて聞く

自主学習をさぼつて、放送室でテレビを見てゐた。

防護隊がサリンプラント前《サティアン》に迫りくる景色をわれの根底に置く

名古屋の歌誌「白い鳥」（三宅千代主宰）に参加。

はじめて会ひし歌人は加藤ミユキさん（治郎母）かの華やぎのとき

一九九六、中部短歌会に参加。春日井建に師事。

師を持つといふは死を持つよりすがしまして柘榴の粒のかがやき

二〇〇〇、岩波書店「乱詩の会」。

この会もまた忘れられゆけよかし岡井隆のしろきほほゑみ

二〇〇三、上京。

サンシャイン60を日々仰ぎつつ、これもひとつのサティアンなるを

二〇〇四、「白の会」発足。

東京のうたびととなるは難きわざ大阪をわが身より追ひ出すは

五月、春日井建、没。

われの師は永久《とは》の師となりわが生に永久なるものの増えゆくあはれ

わが入婿について。

「黒瀬君のどの歌よりも感動した」と声高きかな高島裕

僧侶になることと結婚することがほぼ同義だつた。

家を出てまた家に入るたのしさはあなたが知らぬ紅さるすべり

二〇〇七

祖母逝きてその二日後に父逝きてわれは逝かざりき数珠携へて

二〇〇九、茅ケ崎。

中澤系の通夜より帰る美南ちやんに布袍の裾を摑ませながら

二〇一一、ロンドン。

産み終へてしづかなる妻と産まれ終へて騒がしき児と北のひかりに

おまへがうまれる前に何万人も死んだんだロンドンの夏寒く終はりぬ

人類の終末見むといふ願ひ、児の未来への願ひ、いづれを

二〇一二、北九州、日明《ひあがり》。

もうこれで終ひや、といふ声々の震災瓦礫掘るとき降れり

「福岡歌会（仮）」発足。

夏野雨さん白水ま衣さんゆらぎつつ喰ふごまさばが文芸ならめ

福島第一原子力発電所。
1Fと略されて立つ白壁に耳かたむけて聞こえぬ声が

二〇一四、金沢へ。
光へと歩《ほ》を溶かしめし二年かな最後に阿蘇を見て去りにけり

二〇一六、東京。
笠木くんが「鏡の会」と名付けたる一夜に降りし砂金をおもふ
「耐へ難い」と穂村弘は笑ひたり光うべなふ黒瀬の歌を

住職、とは不思議な職名。
わが座る場所はしづかに示されて鋭角に陽が目を刺しに来る

二〇一八
救はれがたきわれと思ひは深みつつこの大雪をラッセルに押す

富山「海市歌会」発足。
しまひしと永久なるものと相克を育てるごとし集ひを持つは

二〇一九
もうこれで終ひや、といふ声々のよみがへるなり時のはざまに
花ちらし　大きな声ぢや言へないが小さき声では君に届かぬ

雪と漫才

染野太朗
Someno Taro

偏差値とふ語のきらぎらし大宮駅東口なる山田義塾に

雪にこほる坂をのぼりてさきくさの中学入試にあたまをつかふ

毎朝の手打ち野球に汗だくのシャツべたべたの男子校なり

チェッカーズの解散にただぼくだけが嘆かふ秋ようつくしい秋よ

1977年茨城県生まれ。「まひる野」会員。国際基督教大学教養学部卒。12年『あの日の海』で第18回日本歌人クラブ新人賞、18年第48回福岡市文学賞を受賞。笹井宏之賞選考委員。

はじめての作詞作曲のタイトルが「絶望」メンバーみんな引いてた

日本青年館に歌へりTEENS' MUSIC FESTIVAL華やかだつた

ヘリコプターでサリン撒くとふ噂立ち女子校は休校なのにとぞ怒る

河合塾大宮校に通ひたり自転車すべる雪の朝《あした》も

滑走路、バカ山、セクメ、金魚鉢、インラン、Isolated Crazy Utopia

Japanese Language Teaching Practical Training in Australia 四キロ痩せた

永島とゆふぐれまでをセックスし別れ話に日をまたぎたり

レンタルのガウンとキャップ着用しにあふにあふと撮れば卒業

お台場の遠さ課長のしつこさに半年で辞め寝込むひと月

「章一郎も遅かつたんだ、ゆつくりやれ。教師か、さうか、きつと向いてる」
母校とふかなしき場所に実習は波瀾を極め七キロ痩せた
陸上部の顧問となれば走りたり北の丸公園を日が沈むまで
グレッチを生徒に貸せばぼくよりもうまく弾きたり　青春が終らず
二十代最後の齢もはじまりは秋であること　父を殴つた
教職と結婚と鬱《う》病《つ》をむすびつけて人はいつでも解釈をする
デパス飲んでからだほどけば朝礼の職員室につつぷしてゐる
筋トレと不眠と薬のせゐであるその解釈に十五キロ太つた
「染野先生がたとへ人殺しをしてもわたしはどこへも行かないですよ」

鷲森が離婚のわけを訊かぬまま腹ゆらしつつビールを呷る

お笑ひをやりたいといふ生徒らと演芸研究部を設立す

おいいまは英語ぢやねえぞといなむしろ河合塾のテキストを取り上ぐ

秋の夕　面談室に偏差値とふ語のきらぎらし　さうか、つらいか

「染野が急に叱らなくなつたつてうちの子ちよつとさびしさうです」

退職と福岡移住と恋愛と　人はいつでも解釈をする

第七回牧水短歌甲子園懇親会で漫才をした

女子校の講師のぼくが雪の日の休校告ぐるメールを読みぬ

20℃を超えた二月の福岡を、福岡を去りつつ満月を見ず

神のさいころ

澤村斉美
Sawamura Masami

１９７９年岐阜県生まれ。「塔」編集委員。京都大学大学院文学研究科博士後期課程中退。校閲記者。06年「黙秘の庭」で第52回角川短歌賞、09年『夏鴉』で第34回現代歌人集会賞、第９回現代短歌新人賞を受賞。

１９８９年

父はその父を失ひ七月の煙が雨をさかのぼりゆく

ゆつくりと草生に落ちてくる球の男の子も女の子も棒立ちの夏

弟の生まれる前の八年をわれの先史としてさやぐ棕櫚

階段を下るつむじとスカートの列はまとめて「女子」と呼ばれる

吉本ばななを貸してくれる担任
『キッチン』の雄一が食べるカツ丼のかがやきは愛に卵がまじる

1995年1月
同い年の子らが避難所のトイレへとバケツの水を運ぶ　笑顔で

マグリットの空を写せり十代が終はるまであと四年は長い

謎の菓子
「まづは食へ天ぷらをだまき」数学の塾へ私を連れゆく友は

金田くんが金くんだつたと知る朝の橋から見える高校の窓

もう二度と解くことはない数Bの平面ベクトル好きだつたけど

OPEN THE DOOR!　そして拾ふ足元のテニスボールの楕円の影を

『岩波現代短歌辞典』
20世紀短歌史年表に含まれず2000年さびし冬の苔のごとく

2001年9月11日
ビールの缶の向かうでやけに青空がカーブしながら二機めが刺さる

大卒就職率が谷の底だつたと分かるのは十年後
「きびしい」と研究室に言ひにくる就職組に淹れるコーヒー
もう少し読んでゐたいよパスティーシュ論の複写に花降りかかる
調査助手
レフランプの熱に耐へつつ仏像のハンサムになる角度を探す
ボストンは河から明けて心までとどく光が望みを砕く
日の出うどん食べに行かうか休学の届けをガラスの向かうに出して
足りなさを伸びしろと言ひかへながら真つ赤なダリア就職をする
持ち寄りて暮らしはじめつ何もかも鳥居の見える部屋に二人分
吹田ジャンクション午前2時。夜勤を終へて
しづしづと長き鼻梁を導かれN700系側道を行く
ゲラを読む大みそかにも雪は降り夫から届くあけおめメール

2001年3月11日

気仙沼生まれの上司の静かなる横顔に並びその火に見入る

免許証失ひてのち一年を食べずたしなまず祖父逝きたまふ

産院にて

会へなかつたあなたには名がないけれどスープカレーの湯気がほほ笑む

雪の降る松の林の明るさにあなたと拾ふ神のさいころ

値段はそのまま

ヨーグルトの量がなんだか減つてゐる窓には青い空が流れて

父さんと母さんはおにぎりを分け合つた君の産まれる三時間前

育メン通信

洗濯物干しつつ夫は歌ひをりきんこんかんこんくわんこんさうさい

OPEN THE DOOR 会へますかあなたから見えてゐる窓が黒く波打つ

子の前にはいてごらんとくつをおく時代が終はるといふ朝《あした》にも

1989−2019

石川美南
Ishikawa Mina

1980年神奈川県生まれ。「pool」「[sai]」所属。東京外国語大学日本語学科卒。業界新聞社勤務。歌集に『砂の降る教室』『架空線』等。

1989

左から日の差してゐる朝の会　普通の死だと先生が言ふ

1990　小学四年一学期の保護者面談で

「美南ちやんだけは女の武器を使はずに戦つてゐて偉いと思ふ」

1991　図書館で借りた詩集をノートに写す。初めての歌集は俵万智『風になる』

ミナのナを長く書く癖　「汁《しる》」といふあだ名はトコちやんが考へた

1992　詩のノートには自作の下手な詩も書きつけてゐた

校庭の桜の精はふくふくの赤子と信じ毎日撫でぬ

1993　中学校入学

「気取らなくなるまでは詩を書かない」とエンピツ書きの拙い文字で

1994　きのこの観察は蚊猫先生の影響で始めた

花の頃うつすらと傷つきて聞く元担任・現担任の婚

1995　文化祭で老婆の役。立候補者が出ず、クラスの投票で私に

幕下るるまではらはらと続きにき演技プランにない手の震へ

1996　高校入学。理科部の友人と短歌を作り始める

なぜあれほどぶつかつたのか　自意識をなみなみ容れたビーカー我ら

1997　『短歌朝日』に投稿を始める

岡井隆の顔写真（その下にわたしが上げた小さな花火）

1998　うちに犬のたまが来る

喜んで跳ねてみせるは一瞬の、犬と余所見をしながら歩く

1999　祖父が家出から帰宅／大学入学／メーリングリスト「ラエティティア」参加

張り切つて祖父が家族を連れてゆく森の料亭その木の芽味噌

2000　大学が移転

砂の降る旧校舎より盗み出すビロード張りのぼろぼろの椅子

2001　『punch-man』解散

クリックでひらかる夏　二つめのリングネームは自分で付ける

文化祭に展示してゐた作品は最終日ごつそり盗られたり

2002　『pool』創刊、WEBサイト「山羊の木」開設／就職決まらず、短歌以外は全て停滞の年

ミルハウザー、カズオ・イシグロ、オンダーチェ　虹を端から飲むやうに読む

2003　書店でアルバイト。とにかくたくさん本を読んだ

新郎の法衣はピンク　檀家さんが「いい男ね」とじわじわ騒ぐ

2004　黒瀬珂瀾兄の結婚式に出席

「人徳はないけど面白い場への嗅覚だけは優れてゐるね」

2005　『[sai]』創刊／この年辺りだつたか、五島くんが私の人徳に点数を付けた。三十点

秋のきのこフェア任されて仕入れたるきのこ雑誌がどんどん売れる

2006　書店バイトの傍らDTPの学校に通ふ

夜ばかり長かつた秋　友だちの食事日記に「米」「水」とあり

2007　さまよえる歌人の会発足／転職／セクシャル・イーティング

王子・王妃・面白いピーマンと配役ありピーマンを任されてゐる夢

2008　『すばる』で連載、日中は寝ぼけながら仕事

友だちの死と死の間「オンダーチェはいつでも効く」と日記に記す

2009　一月、有田駅は雪／四月、茅ケ崎で珂瀾兄の黒い法衣に触れる／十月、たま死す

「二十代で為し得たことは何ですか」光森さんに聞かれてキレる

2010　三十歳になる二、三日前

２０１１
計画停電の夜は満月　乳癌の母と体操して暖を取る

２０１２　転職／Alfred Beach Sandalばかり聴く
「台風はまだか」と二回繰り返す地下一階のライブの終はり

２０１３　ニューヨークで短歌朗読
同時通訳終はりたるのちハローしか言へぬ赤子のわたしに戻る

２０１４　『ノーザン・ラッシュ』『エフーディ』創刊／「しなかつた話」を蒐集し始める／充実の、しかし不安定な年
「一分間おもしろい話をして」と電話する冬　煮詰まつてゐた

２０１５　シンガポールで短歌朗読
真夜中の樹を見に行かう　この街ではストッキングを誰も履かない

２０１６　「短歌研究」の作品連載始まる
「会ふたびに薄着になる」と弾む声　五月、はためく蓮を見てゐた

２０１７　「ちよつと結婚した」と告げると、廣野くんが真顔で「へえ、誰が？」と聞き返してきた
結婚はしさうもないと自分でも　ナマケモノ柄Tシャツで寝て

２０１８　出産
うちの子の名前が決まるより早く周子さんがうちの子を歌に詠む

２０１９　子どもの名前は透
トーと声に出せば溢るる灯・湯・濤・陶・問ふ・島・糖等、滔々と

三十年間

花山周子
Hanayama Shuko

１９８０年東京都生まれ。「塔」会員。武蔵野美術大学造形学部油絵学科卒。08年『屋上の人屋上の鳥』で第16回ながらみ書房出版賞受賞。歌集に『林立』等。

平成元年　小学校三年　九歳

小学校の廊下からはうちの団地が見えるのに学校から出られない

平成二年　小学校四年　十歳

狭い団地の家に父が一日中居て私が食べる姿を追いかけて写真に撮る

平成三年　小学校五年　十一歳

磁石のように私が一歩進むとみんなが一歩引く花山菌が流行していた

平成四年　小学校六年　十二歳

みんなが次々に手を挙げ花山さんの悪いところが黒板に書き出された

学校に着くと教室で制服から緑色のジャージに着替える
平成五年　中学一年　十三歳

プレハブ校舎の理科室　姿《しな》たちが白いブラウスを下敷きで扇いでいた
平成六年　中学二年　十四歳

昼休みの冬の校庭から戻ってきた男子も女子も頬が透けてとても美しい
平成七年　中学三年　十五歳

姿《しな》の家に行くと玄関の薄暗がりで姿《しな》がシューベルトの子守唄を唄っていた
平成八年　高校一年　十六歳

ロイヤルホストで夜はアルバイトをして学校ではずっと寝ていた
平成九年　高校二年　十七歳

朝、玄関に私のローファーがない　母が外のゴミ捨て場から見つけて来た
平成十年　高校三年　十八歳

予備校の屋上に上《あが》ると真依子が赤いツナギを着て立っていた
平成十一年　予備校　十九歳

私だけが二十歳なのにお巡りさんが私だけを取り囲んだ
平成十二年　予備校　二十歳

夏休み箱根の小涌園で住み込みバイトをして従業員用温泉でつやつやになる
平成十三年　大学一年　二十一歳

平成十四年　大学二年　二十二歳
頂上でバイトしている真依子に会いに富士山に登った
平成十五年　大学三年　二十三歳
具象コースと抽象コースに分かれる　私は抽象コースの教授のもとへ行く
平成十六年　大学四年　二十四歳
キャンバスの東端の孔雀小屋の前のアトリエで卒業制作の絵を一年間描く
平成十七年　二十五歳
神田の古いビルを見つけてノコギリと電気ドリルでアトリエをつくった
平成十八年　二十六歳
バイト帰りに神田の共同アトリエに通う頼まれた大家さんの肖像画が完成しない
平成十九年　二十七歳
『屋上の人屋上の鳥』出版　台風の夜、徹夜で宛名書きをする
平成二十年　二十八歳
五回目の富士登山は疲れ果ててこれが最後だと思った
平成二十一年　二十九歳
さっさと二十代が終わればいいと思った二十代なんて碌なもんじゃないと思った
平成二十二年　三十歳
この年あたりに黒瀬さんや槐さんが東京からいなくなりひとつの時代が過ぎた気がした

平成二十三年　三十一歳

六月に盛岡で短歌の友人たちとぎんどろやなぎを見た　こういう時間は最後だと思う

平成二十四年　三十二歳　明季　零歳

ずっと生まれるのを待っていた赤ちゃんが生んだとたんに別の病院に連れて行かれた

平成二十五年　三十三歳　明季　保育園　一歳

温泉に行きたくて一歳の娘を連れて温泉に行けるかを考え続ける

平成二十六年　三十四歳　明季　保育園　二歳

歩きはじめた娘のよちよち歩きが光ってみえる

平成二十七年　三十五歳　明季　保育園　三歳

わたしね、と娘が言うようになる私はあきちゃんと呼んでいるのに

平成二十八年　三十六歳　明季　保育園　四歳

生まれてきたときから伸ばしていた娘の髪を居間で切った

平成二十九年　三十七歳　明季　保育園　五歳

居間の押入れの下の段を空けて娘の部屋にする

平成三十年　三十八歳　明季　小学校一年　六歳

平成のさくらももこの死にたれば平成はさくらももことも思ほゆ

平成三十一年

平成を愛することなく平成が終わるもっと愛せばよかった

思い出す

永井 祐
Nagai Yu

1981年東京都生まれ。早稲田大学卒。歌集に『日本の中でたのしく暮らす』。笹井宏之賞選考委員。

平成元年　小学校
小3・4の世界は小1・2の世界とは大きく違うたとえば学級委員制とか

平成2年
曲淵《まがりぶち》くんの頭は強くたたかれてプラスチックの定規が折れる

平成3年
四階の窓から校庭の人に話しかけてる夕方ごろに

平成4年
セーターで相撲をとるので上半身全体が廻《まわ》しのようなもの

平成5年　中学校
先輩を蹴飛ばしながら先輩が歩いてくる廊下の向こうから
平成6年
蛍光灯がいきなり落ちて原くんの頭にバウンドして空中で割れる
平成7年
山手線ゲーム「オウム真理教幹部」やってた僕らは社会派だった
平成8年　高校
夜の日比谷公園の噴水のところ　まったりしたり語ったりする
平成9年
文化祭の打ち上げを抜けて赤坂で回転寿司をはじめてたべる
平成10年
じゃんがらあめん、サブウェイとかシェーキーズとかちょっとリッチな放課後がある
平成11年　大学
階段に座る友だちの弾き語りいっしょに歌わずにきいている
平成12年
ガツン、とみかん途中で買って深夜までやってる本屋までずっといく
平成13年
友だちがどんどん増える　かつてなく友だちが増える　ミレニアムくる

平成14年
内定は二月くらいにもらえればいいんだと思う　枕の毛玉
平成15年
仕事やめると空の青さが深くなるみたいなことを新幹線で
平成16年
自分より大きいかごを押していきエレベーターでまっすぐ降りる
平成17年
2005年になにをしていたかというとノベルスを買う　ノベルスを買う
平成18年
お茶の水の坂を下っていきながら大きな交差点まるごと見える
平成19年
最寄り駅のアトレ一階の模様替え　中央に立ち飲みの黒酢バー
平成20年
黒酢バーはついに一年持たなかったけれどタイの屋台風焼きそば
平成21年
白黒の映画のなかに夜がきて一番さいごには屋上へ
平成22年
ラッシーが先に出てくる　ラッシーはカレーの口直しなどではない

平成23年
メールするたびにガラケーが恋しくなる　重い大きいドアがはまる音

平成24年
DVDに入るのは3時間くらい　シャワーを浴びてふとんに入る

平成25年
タイヤまで色がついてる自転車が人に押されて近づいてくる

平成26年
だんだんとベローチェが近づいてくるだんだんベローチェをスルーする

平成27年
飼われてる犬の写真をTwitterに流してはよくないかもしれない

平成28年
たえまなく使われているトイレだな　駅にあるから　僕もつかれる

平成29年
それならかみのけ座じゃなくてかみのたば座なのでは　居酒屋の甘いもの

平成30年
昔のがお金使わなかったなと思っていると汗がでてくる

平成31年
蒲田とか川崎にむかう電車には一人も乗ってなくて明るい

生きなおす

山崎聡子

Yamazaki Satoko

１９８２年栃木県生まれ。「未来」会員、「pool」所属。早稲田大学卒。10年「死と放埓なきみの目と」で第53回短歌研究新人賞、14年『手のひらの花火』で第14回現代短歌新人賞を受賞。

１９８９

あやめ祭りの暗がりのなかべたべたの母の手のひら母の呼ぶこえ

「この子はしゃべれないの」と言われ笑ってた自分が古い写真のようで

わたしの内なる言葉を抱いてじわじわと湧くその人の汗を見ていた

１９９２　八月十五日は祖父の命日

「かなしそうな女のひとの顔」という心霊写真の説明よ　風

おとうとの通知表だけ見る祖父のライカのカメラを目だと思った
がん、とひくく発するときに母親がみにくい鳥のような顔する
1995　地下鉄サリン事件
汚いといわれたこの手（殺すとか殺されるとか）日向に翳す
尊師マーチ歌って風が吹いているベランダで書く色ペンの遺書
サリンとかサティアンだとかわたしたち語彙にスカート垂らして遊ぶ
1997　神戸連続児童殺傷事件
膝に膝を擦りつけながら中谷美紀の「砂の果実」を聴いていた部屋
同い年の「彼」を思えば生ぬるい私のうちは闇と呼ばれて
タンク山にのぼった、わたし、明け方の夢にあなたの顔をしていた？
2001～2004　東京、釜山、ソウル、Portland
目に痛いほどに花束　閉ざされたアメリカンエアーのオフィスの前に

エミネムの瞳の暗さを言うときのあなたをいまも胸に浮かべる

夜市に買ってもらったフェイクファーの生き物みたいな匂いよ　釜山

2005

晴海埠頭ゆく　春雨のにおいする就活スーツ張りつけてゆく

「天然の新人」として怒られて怒られてたましいを左岸に流す

ひとはこころは壊れやすくて原君の荷物「はらばこ」に詰められていく

2008　秋葉原無差別殺傷事件

新聞紙にぶちまけられた味噌汁を彼は食べたと　耳鳴りを呼ぶ

「八二年生まれ」の予想キーワードに「犯罪」「殺人」ならぶ星の夜

彼もまた同じ年齢であることの砂場に汚していたのもこの手

2011　東日本大震災、ガルマン歌会百回記念歌会

ぐわんぐわんと人の重みで軋んでた飯田橋（まだ何も知らずに）

短歌が人生に追いついてまた追い越してワンピース買う渋谷のZARAで

永井祐さんがひたすらお金を数えてたことを時給にたとえて笑う

2016

ふくらんだお腹じゃまだなこのままで過ごす灼熱の夏を知らない

お前が泣くとわれもしみじみ悲しくて吹き出し口の風に当たった

わたくしがつけた玩具のような名でみんながお前を呼ぶよ、熱風

2018　小さい人は、二歳

動くからだ縛りつけるごと抱えてく横断歩道がまっしろだった

鳩の目の鳩の目のまた鳩の目のくらい昼間の市民公園

わたしがきみの傷となるかもしれぬ日を思って胸を叩いて寝かす

平成へ

バレエ教室の白いタイツで乗っていた煙草の匂いの電車さようなら

落下するヒポカンパス

土岐友浩

Toki Tomohiro

１９８２年愛知県生まれ。京都大学医学部卒。精神科医。15年『Bootleg』で第41回現代歌人集会賞を受賞。

１９８９年　『唯脳論』（養老孟司）

残像もだんだん消えて「社会とは、すなわち脳の産物である。」

子どもの潜在能力開発をうたうＴＶ番組

みずくさを水に沈めるイメージで一円玉をおでこに乗せる

シューティング・ゲーム『沙羅曼蛇』

脳みそに腕と目玉がついている不気味なゴーレムをやっつけた

『ＰＳＹＣＨＯ＋』（藤崎竜）

生まれつき自分が持っていたものを数えはじめて三色すみれ

ゲームセンターに「それいけ！ココロジー」というあやしい機械があった
あなたは5匹の動物と旅をしています

背の高い、外国人の、手袋と、耳にピアスをしていたような
『MIND ASSASSIN』（かずはじめ）

落下したヒポカンパスがたちこめるにおいを嗅いでみれば　酸っぱい
1995年3月20日　地下鉄サリン事件

無意識も自我もフロイトではなくて桜井さんに教わったのだ
初めて買ったアルバムはMr. Children の『深海』だった

笑おうとしただけなのに落下したヒポカンパスに目をつぶされる
1997年5月27日　十一歳の男児殺害の報道

あ、僕とおなじ十四歳だって　夜のフェンスの奥の紫陽花
1997年6月28日　少年A逮捕

延々と続くスカラカ、チャカポコを後部座席にころがって読む
『ドグラ・マグラ』（夢野久作）

夏の渦　終劇の二文字が映ったままカーテンが閉じていく
1997年7月　劇場版『新世紀エヴァンゲリオン』

見た目には動いていないものなのにそれが死ぬとはどういうことだ？
1997年10月　臓器移植法施行

『CURE』（黒沢清）
警官が警官を撃つ　警官が警官に取り調べを受ける

詩は音楽の産物だろうか
僕たちはザ・ハイロウズの「青春」で散文という言葉を知った

2001年9月11日
ひとつぶの砂がニューヨークの空に飛び込んで、世界を滅ぼした

京都へ
「あなたたちは、のんびりした学生時代を過ごしてください」と猫は

『死生論』（西部邁）
死は何を産むのだろうかぐずぐずと金木犀を終わらせる雨

2007年3月　母ゆみ子、肺がんのため永眠
へび年の「巳」という字ではありません　父の名前を何度か直す

2009年7月　祇園祭
自転車を遠くに停めてすれちがう犬も浴衣を着ているまつり

2011年3月11日
午後三時、藤枝駅で降ろされてガストとデニーズをさまよった

大学病院に勤務する
僕が先生だとしたら先生はどれくらい先生なのですか

風景構成法
川を描けば川が流れてその上にときどき風が吹くこともある
茂吉全集に「電撃痙攣療法に就て」という論文を見つける
うたびとと精神科医の両立は一万八千いくつかの星
持続エクスポージャ療法
話したらかならず楽になります、と落下したヒポカンパスが言う
『アルジャーノンに花束を』（ダニエル・キイス）
人間が人間を変えようとするおこがましさはメドゥーサの首
2013年10月　結婚
さっきまで雲だったのを思い出しながら観ているうたかたの日々
『絶歌』（元少年A）は読んでいない
もう少しここにいたくて六月の雨のしずくを見送っている
2017年2月　父辰己《たつみ》、胆嚢がんのため永眠
三月と四月の映画　予告編だけならぜんぶ面白そうだ
オウム真理教元教祖、幹部ら死刑執行
落下したヒポカンパスは水草のあかむらさきにまぎれて消える
＊
そのときもやはり笑っているだろう水の広場に花を浮かべて

もや、もや

小佐野 彈
Osano Dan

1983年東京都生まれ。「かばん」会員。慶應義塾大学経済学部卒。17年「無垢な日本で」で第60回短歌研究新人賞、19年第12回わたくし、つまりNobody賞、『メタリック』で第63回現代歌人協会賞を受賞。

昭和天皇崩御

すめらみことは逝きたまひけり「にほんいちえらいひと」らしすめらみことは

自粛とふことばの重さだけ耳に残つてあしたおやすみだつて

テレビは刻々と変はるご容態を報じ続けてゐた気がする。

けんと君に会へない朝を憎みつつ五歳は黒い画面を見つむ

あのころの僕にはすごく遠かつたすめらみことの死も初恋も

けんと君が好きと言へない春が来てちひさき窓に降る小糠雨

平成が始まつて間もなく、両親は別居した。

家族とふ長き真昼を終はらせて花降るなかを父は去りゆく

長渕の「とんぼ」ギターで弾き語るひと去りてわが昭和の終はり

父のなき日々はあかるく始まりぬ忘却といふ術を覚えて

小学校のあった渋谷区は、麻原彰晃の選挙区だつた。

純白のグルのマーチの鳴り渡り冬の広尾が微熱を帯びる

幻想でありしかあれは無味無臭なれど異臭と呼ばれしサリン

あの日は卒業式で登校時間が遅かつたから、いつもより遅く家を出た。
そのおかげで難を逃れた。

子供らは「ギリでセーフ！」と笑ひ合ふそれがなにかを知らざるままに

巣立ちたる君をことほぐ愛唱歌漂ふ春だ（あれはサリンだ）

阪神・淡路大震災

少年の君の影まで飲み込んで朝の神戸が燃えてゐたりき

こころまで冷えたる冬の教室のテレビに遠き長田区燃える

そのころ僕は第二次性徴を迎へつつあつた。

精通は罪でありしよ　桃色の脳《なづき》に溶けてゐたけんと君

むらさきの性の芽生えはひつそりと僕から夏を奪つてゆきぬ

これからは毎日が冬　胸底に咲かない薔薇を育てて生きろ

メデューサのやうにはだかり女教師《せんせい》は咎めき僕の性のゆらぎを

平成九年五月、俵万智『チョコレート革命』発売。

チョコレート色の歌集に救はれたことをだれかに告げたき皐月

つまびらかにされずともよいもやもやが鞄のなかでふくらんでゆく

堂々と生きていけつて簡単に兄は言ひたり言ひてくれたり

ひきだしの小瓶のなかに増えてゆく丸くて苦いくすりがけふも

一九九九年、七の月。

七の月なれど僕らは虹色の翅で越えるさ二十世紀を

アメリカ同時多発テロ

ゐづきつつ見上げる空の青さまで怖い、と在米邦人の友

平成二十年、台湾へ完全に居を移した。

ネフローゼ気味の祖国を嫌ひにもなれず好きにもなれずたゆたふ

東日本大震災

呑まれたる海岸線の灰色を異国の部屋にひとり視てをり

在台日本人の友人には、被災地出身者も多い。

二千キロ彼方の悲劇なれどまだ彼のふるさとなのです　そこは

平成二十四年、宮中歌会始「岸」——后宮の御歌

岸に立つひとを思ひて岸に立ちたまへるひとのまなこかなしき

お気持ち表明

八月のすめらみことの御言葉が九月の波のごとくに響く

執行

平成の終はりにグルはうやむやの白き煙となりて消えゐつ

あめつちに白きなにかをたなびかせながら揺蕩ふだらう　日本は

戦争が来るような気がして

屋良健一郎
Yara Kenichiro

1983年沖縄県生まれ。「心の花」会員。名桜大学国際学群准教授。16年東京大学大学院博士課程修了。「琉球新報」琉球歌壇選者。

平成元年　幼稚園。

スキップができないぼくは妖精になりきれずいるお遊戯会で

平成二年　小学校入学。

同級生の駆ける足音聞きながら階段裏にかわすくちづけ

平成三年　湾岸戦争。自分の住む街も戦場になると思っていた。

パチンコに出かけんとする祖父をとどむ　戦争が来るような気がして

平成四年　学校行事で米軍基地内の学校と交流。

赤、緑、黄色のジュースと菓子あふれ基地の中には楽園がある

沖縄を好きじゃなくなる　大人たちが「ナイチャー」批判すればするほど
平成五年　大河ドラマ「琉球の風」が放送される。

読みかけの手紙とっさにしまいたればポケットのなかの熱源となる
平成六年　小学五年生。

教室の床ひえびえと告げらるる十三祝い自粛の決定
平成七年　阪神大震災。

映画見に行こうぜバッシュの音響く体育館に交わす約束
平成八年　中学校入学。

六月にだけ戦争は語られて戦死し続ける二十万人
平成九年　市の平和大使の一員となって学ぶうち、平和教育に違和感を抱く。

犬吠ゆる声を遠くに聞きながら夜半の部屋に書くラブソング
平成十年　作詞家になりたかった。

窓の外の生垣に夏は照り返りぼくはどういうふうにしぬのか
平成十一年　高校入学。ノストラダムスの予言を信じていた。

夏雲のようにふくらみゆく思慕のKiss DestinationのMA・BA・TA・KIを聴く
平成十二年　小室哲哉の曲ばかり聴いていた。

「死ぬ時はみんな一緒」と先生が基地の方角向きて言うなり
平成十三年　九月十一日よりも後の、国語の時間。

平成十四年　東京の大学に進学。

キッチンに立つ背見ており読みさして伏せたる本は飛び立つ姿勢

平成十五年　祖父が死んだ。

小銭入るることを日課とせし祖父の貯金箱にもほこりが積もる

平成十六年　竹柏会「心の花」入会。

グラスからあふれた酒を受け止める枡のようだと思う短歌は

平成十七年　大学時代はその人のことばかり考えていた。

夕焼けが雲を融かして握り返してくれぬ手を握り続ける

平成十八年　卒論を書けずに留年。調査のために種子島に行く。

中世の海ゆく男たちの声　種子島家の家譜より聞こゆ

平成十九年　大学院の入試に落ちて再び留年。栗木京子『けむり水晶』に「短歌やめよ、資格を取れ」で始まる歌があった。

歌やめて勉強せよと言う声のキャンパスの池の底より聞こゆ

平成二十年　修士課程進学。

候《そうろう》のくずし字のように付いてゆく早足で美術館ゆく君に

平成二十一年　修士論文を執筆。

古文書の仮名文字われにからみつき古琉球の謎深まるばかり

平成二十二年　博士課程進学。

裏紙に永田紅の歌写しつつ大学院の果てをしぞ思う

平成二十三年　博士課程二年。

「お仕事の帰りで？」の問いに家までの二十五分を事務員となる

平成二十四年　論文が初めて掲載される。

抜刷の束を抱きつつ立ち止まる踊り場に冬の陽のやわらかし

平成二十五年　入籍。就職により沖縄に戻る。

猫たちも姓が変わりて新しきネームプレート揺らして寄り来

平成二十六年　教育、研究、地域貢献と意外と忙しい。

研究室の光のなかに溶けてゆく深夜のわれの輪郭ほどけ

平成二十七年　妻が妊娠。

唐揚をよけつつましくそのつまのレモン吸う妻になりにけるかも

平成二十八年　息子が生まれる。私は「短歌と戦争・平和」展をめぐる問題で息子どころではない。

反基地を反基地のみを正義として強いる人らにわれは与せず

平成二十九年　佐藤モニカが小説「ジャカランダホテル」詩集『サントス港』歌集『夏の領域』を発表。

沖縄に佐藤モニカがいる今を生きて研究者としての幸

平成三十年　家族で出かける時間が増えてきた。

ベビーカーに息子は眠りエボシドリを恋人同士のように見ている

辺野古の歌を詠みはじめた頃はルビを振っていたのだが……。

たわやすくへのこが辺野古に変換をされてさぶしきわれの平成

雪の日の

吉岡太朗
Yoshioka Taro

1986年石川県生まれ。京都文教大学人間学部文化人類学科卒。07年「六千万個の風鈴」で第51回短歌研究新人賞を受賞。歌集に『ひだりききの機械』『世界樹の素描』。

雪の日の記憶があってふしぎだなわたしをみおろすような視点だ

障子にはセロハンテープ　雪の日はすべての雪の日へと通じる

エビフライ殻ごと食べて長らくを嫌いなものだったエビフライ

ウルトラマン13かんがはやくみたいと短冊に時間の跳躍を願う

あれはなんだったのだろう入学前の謎の検査は
近くには牛舎があって嗅ぎながら野球のような何かをしたとか
震災の日は早起きで姫路市の赤とんぼ荘のことをかんがえた
秋の日のさしそこねている教室で銀貨を水に沈めるあそび
やらなくて済んだみたいな組体操あんなことするとか正気の沙汰では
何度も夢に出てくる架空の通学路だんだん長くなりまだ続く
先輩らさっさと負けてくれねえかなあと応援している地区予選大会
上顎に桃の天然水触れて立ち現われる不可触の桃
明け方に核爆弾が落ちたので今日も布団からでられません

ドカンとかガガガとかよく音のする小説を夏のおわりに書いて
買い物をいちいち覚悟を決めてするレジがちいさな死におもえるので
長野だったり服部だったりまゆみさんの本をよく読んだ
先輩が夢では跳ねたりしてたこと言わないままにバイトを辞める
宇治川を鴨川よりも先に見るちかくに屋根のある場所を借り
狭いから人に会いすぎるキャンパスはあいさつが雑草のように繋って
いつも電車で行きし場所へと自転車でいくとき海をこえていくよう
私は旅が嫌いで岸辺の鉄塔にハンモック吊って読む『悲しき熱帯』
特急を待つひと普通に乗るひとに別れて朝日をみる六次会

はじめての退社のドアの銀色の鍵を回せばさくっとまわる

一日に三回出勤する　現場↓家↓事務所↓家↓現場　おもろい

新婚旅行のひどい手違い●本旅●には今でも恨みがある

返そうと思う手紙のかずかずはまだひかっていて返せてません

自分に嘘をつくのがうまくなり旅でどこかへ行けた気になっている

忙しいふりして昼寝していたら一日が二つにわかれてたのしい

この世には文鳥とそうでないものがあって文鳥を撫でている

辞めている会社に今も出入りして雪塩ちんすこうとかもらう

有効期間〜平成33年と書くときそこにある蜃気楼

#メンヘラ・フォーエバー

野口あや子
Noguchi Ayako

1987年岐阜県生まれ。「未来」会員。愛知淑徳大学文化創造学部卒。06年高校在学中に「カシスドロップ」で第49回短歌研究新人賞、10年『くびすじの欠片』で第54回現代歌人協会賞を受賞。笹井宏之賞選考委員。

あさがおにみずをやるときはなびらのくぼみつつ咲くそのむらさきを

両親教師の長女として育つ。3歳。夕方に庭から電線に止まるカラスを見るのが好きだった。

ほのお、ほのお、くろきほのおのてんてんと生存欲に西日さすまで

教師の家だったからかおしゃれもゲームも漫画も禁止だった。10歳。不登校になった。

ポケモンになれない　ポケモンを集められない　靴にはいつも名前が書かれてる

厳格な教師に育て上げられた娘の敵はピンクのペンだ

12歳。漫画は禁止だけど図書館に行くのはOKだったため「サロメ」にはまった。妹に嬉々として語りきかせをしていた。

ヨカナーンなら誰でもよくて貴方しか愛せないこれはロシアンルーレット

サロメよサロメ泣きたい夜にはとりあえず人を殺して飲んで踊って

メンヘラとはメンタルヘルスを患っている患者を指す。体験したのは摂食障害、リストカット、共依存。13歳、最初についた病名は「食欲不振」。母と共に診察室に通ううち、医師の目が泳いで病名が「摂食障害」に切り替わった。

食えないと食わないの差を　必要と依存との差を　あなたとの差を

物理的に離婚できない母親がさしだす　パート代の一部を

辛すぎて記憶がなくてチャイコフスキーの花のワルツが鳴っていたこと

15歳。無理やり全日制高校に入るも、3ヶ月で中退。
16歳。通信制高校入学。アルバイトを始める。知り合う友達もだいたいメンヘラだった。

今泣きながら薬バンバン飲んでると電話をかけてくる翠ちゃん

過食するならこれ食べようと羊羹をいきなりわたしてくるゆうかちゃん

バイト先の店長とすぐ付き合って翠ちゃんたぶん仕事はできる

この頃のＪ－ＰＯＰもわりとメンヘラだった。

あやうさの、酷さ汚さうつくしい浜崎あゆみの転倒のなか

泣きながらムチャクチャ言ってＴＶからＣＯ《カットアウト》するＣＯＣＣＯの夏を

19歳。短歌研究新人賞受賞。びっくりするほどいろんな方に心配された。
式の翌日は渋谷１０９でパイソン柄のカバンを買った。

人格は尊重されない安室奈美恵が渋谷の空を制覇するまで

マルキューの地下一階に立ち尽くすキャリーケースよ母よ西日よ

会うたびに「痩せた？」と聞けり加藤治郎《せんせい》は　タモリのようにまた父親のように

食えない病では食っていけない　ゆっくりと手に職をもつ　ゆっくりと持つ

＊

なにしてたかほぼ記憶がない二冊目の『夏にふれる』がやたら分厚い

作るから少しは食べるわたくしの隣で夫はどんどん食べる

25歳。一人暮らしを始める。一人暮らし一週間目でアトピーが治る。夫と出会う。「あや子さんはすごいですよ」と言ってもらえるようになった。その言葉が聞き取れるようになった。

小島なおを岡崎京子展に誘いつつ語ること／ずっと語れないこと

年3回はノーモアフードしきりなるわたくしをだきしめて夫は

27歳。結婚。朗読を始める。「自分を責める時間にパフェ食べるとかすればいいんですよね？」と医師に訊ねる。

「別にいいけど過食も歯には悪いから」黒瀬珂瀾がいきなり黙る

もっと中まで入って日本を変えてしまう椎名林檎もう無料《ただ》では泣かない

リストカットの治りも次第に遅くなるしおばあちゃんのメンヘラはいないね

＊

あたためてもめばだいたい治ること　きみのてのひらをさしだしなさい

＊

30歳。桔梗平から夫の荷物を引き渡す。言いたいことは「ありがとう」だ。

傷ついて傷つき切ってCOCCOの場合ある日ゴミ拾いの楽しさを知る

歌手・大森靖子。彼女はある種の「明るいメンヘラ」だ。人に興味がありすぎるのは繊細さからなのか、彼女はSNSで全ユーザーにメッセージボックスを開放した。応援、罵詈雑言、自殺予告、あらゆるメッセージが来たらしい。

隣の人の胃腸の痛みを思うこと　生きること　赤いスカートを買うこと

こう来たからこうして曲がるこの先は　できるだけていねいにきれいに

＊

みんな死にたいみんな生きたい平成が果てまで行って光って消える

生きたさがきらきら光っているきみと渋谷の坂を駆け抜けていく

涙の壺

大森静佳
Omori Shizuka

1989年岡山県生まれ。「塔」編集委員。笹井宏之賞選考委員。京都大学文学部卒。10年「硝子の駒」で第56回角川短歌賞を受賞。歌集に『てのひらを燃やす』『カミーユ』。

平成元年　五月、この世に生まれる。

あたたかい沼に沈んだ耳は聴く昭和を終わらせる雨のおと

平成二年　一歳。

たくさんの幽霊を見た　そのなかに手をふるあなたの瞳もあった

平成三年　上の弟が生まれる。

母が父を桃啜りつつ呼ぶ声も覚えていないから忘れない

平成四年　三歳。

ふりそそぐさくらはなびら眼球につめたく熱く貼りつくような

平成五年　その三年後、O-157による食中毒で死んでしまった友だち。
駐車場でビー玉をくれたその長い睫毛の光をひからせながら

平成六年　下の弟が生まれる。
ざらざらと夜のベランダ　産道に残響のごとく砂はながれて

平成七年　阪神大震災、岡山は震度4。
布団のなかで黒い夜明けは震えつつおとうとの息どんぐり臭い

平成八年　小学一年生　誰かが亡くなると、両親の様子で何となくわかる。
大きくなったらわたしも医者になるからね頑丈な顔ぬめぬめとして

平成九年　小学二年生　担任の西岡先生が馬頭琴を弾いてくれた。
横顔がスーホによく似た男の子しばらく雲の真下に立てり

平成十年　小学三年生　図書室でホロコーストの本を読んだ。
石鹸はもう使わないと言い張ってわたしは空を逃がす冬楡

平成十一年　小学四年生　友だちとのやりとりはPostPet。
ペンギンがカメに届ける手紙にはミサンガの糸の相談などが

平成十二年　小学五年生　毎日、帰宅すると一人で裏山へ。
青空がしずかに濡れていた日々の、頁にはさむ蛇の抜け殻

平成十三年　小学六年生　アメリカ同時多発テロの映像を教室で、家で、何度も。
カーテンは風に膨らみ　大人たちの顔から顔が迫りだしている

平成十四年 中学一年生　ダニエル・ラドクリフは同い年。
笑わない父を笑わせる魔法ならとおく菜の花畑の向こう

平成十五年　中学二年生　授業で『サラダ記念日』を読む。
眼をほそめ黒板の傷を見ていたり〈東急ハンズ〉が何かは知らず

平成十六年　中学三年生　吹奏楽部の全国大会ではじめての東京へ。
こんなにも夜が、ビルが、窓が、人が　怒りつつ登る東京タワー

平成十七年　高校一年生　ＪＲ吉備線で通学。
とめどない時間を殴るように読む黄色い表紙の山田詠美を

平成十八年　高校二年生　三月、山中智恵子死去。入れ違いで短歌をつくりはじめる。
ゆうやみに狂心《たぶ》るる自由を手に入れて眉も脇毛も剃らなくなった

平成十九年　高校三年生　大学受験。
壬生寺の大きな大きなゴミ箱に参考書ぜんぶ捨てて夕暮れ

平成二十年　高校補修科　家族旅行はついに一度も実現しなかった。
薔薇のように今日は昨日を咲かせるのに弟たちをそこに見捨てて

平成二十一年　大学一回生　河野裕子さんから突然の電話。
声は声の灯りにふれて深まるが外は春、外はこの世であった

平成二十二年　大学二回生　学生短歌会の夏合宿の夜、角川短歌賞受賞の知らせ。
この腕の血を真剣に吸った蚊がわたしのかわりに見ている夢よ

平成二十三年　大学三回生　さまざまなことが起きた。
暗闇にまなこふたつを押しひらき全力で夜の底に立ちたり

平成二十四年　大学四回生　卒論は生殖倫理をめぐって。
産道はおとこのからだにもあると鯨にも恋のちからがあると

平成二十五年　福井県小浜市で二年間暮らす。
曇天が低いよここは　雪靴を履いて人魚に逢いにゆきたり

平成二十六年　「塔」創刊六十周年記念大会。
百周年　天井のシャンデリアを仰ぎ六十五歳のわたしは揺れた

平成二十七年　久しぶりに百万遍に行くと、待ち合わせによく使った本屋がない。
風つよき日には時間がよく見えるレブン書房も呑みこんでゆく

平成二十八年　八月、モンゴルへ。
これは記憶、これは視界、と馬頭琴弾く手の甲の罅割れを見た

平成二十九年　オーギュスト・ロダン没後百年。
どの海もあなたの海と決めてからこわくないのだ言葉や夜が

平成三十年　三十歳になるまでに完成させたい。
完璧な涙の壺になりたまえ〈橋姫〉、あなた、わたし、誰もが

平成三十一年
くちびるを腫らしてそこに立ち尽くすおまえの声にまで手が伸びる

記憶の柩

藪内亮輔
Yabuuchi Ryousuke

1989年京都府生まれ。京都大学大学院理学研究科修士課程修了。「塔」編集委員。12年「花と雨」で第57回角川短歌賞受賞。歌集に『海蛇と珊瑚』。

平成は靄のなかからあらはれて靄のなかへと消えゆく霞

　　最初の記憶は夜、

曾祖父といふといへども霞にて亡くなつたとふ電話のみ覚ゆ

朝顔は暁《あかとき》前に咲くらしいあなたの死んだ頃も、　おそらく

　　阪神大震災があり、

戸棚から半数の皿消えてをり戸棚の戸が半分無いことを知る

アパートの簞笥に祖父が打ちし釘その一本に地震《なゐ》を堪えしか

まあ、そんなわけないけどね。

そんなわけないけれど――のなかにある　いやいや、しかし「ない」といふ花

小学校は余り良い思ひ出がないなあ。

正直に言へばあんまり覚えてない記憶のなかにドッヂは嫌ひ

中学校は剣道部で、

椿から椿の距離と思ひゐし紺の袴を着るあなたまで

気付かずに通り過ぎてた碧蟬花あなたは窓に袴を干して

高校からは数学にはまつた。

清冽に立つことのみを知りし日のプレパラートの中の森林

可換環その美しき横顔にふれられず雨は天ゆ溢れき

大学一年、故・島崎先生より和歌を識る。

複素数平面にふるふれられぬあまたの雪を冬とよまばや

島崎さんあなたに生きた俊成がわたしに生きていくどこまでも

大学二年、サークル「京大短歌」入会。

わがうたふ歌は造花で血は血糊、然れば切れ味悪き歌で殴るべし

大学四年、角川短歌賞次席。

天下一品三条店でひとり泣く謎の秋の日はわたしのものだ

祖母の死。

白鷺は水面ゆ急に飛びたつて影も遅れてとんでゆきたり

百たびとゆめに思はず訪はざりき水の光に睡蓮は消ゆ

透明を描くことできず青で描く　川、雨、涙、空、水たまり

リアリスム、澄む、それだからそれゆゑに夕空に負けないいきみの死は

唯一の心霊体験。深夜零時にたびたび、

祖母死にて一年ほどはじやつじやつと闇噛む砂利の音が聴こえた

大学院、そして就職。

秋樹々の緋衣もやがては地上へと落ちて　露まであなたを好きだ

雨は地上に眼開く瞼　死より疾くあなたの指が胸へとのびて

衆籟《しゆうらい》に夜闇は揺るるあかときの別れを炎の如く摑めば

きみといふ季節はからだ捩りつつ去つてゆく夕べがいちばん眩しく

秋茜気が遠くなるほど飛んで一度も生まれてゐないかもしれない

死螢を拾ひ「ひかり」と断ずれば「ほのほ」と応ふ君ふるへつつ

私を一番に必要としてくれる人は現れない、といふ気持ちがずつとあるが。

雨は川に降つて水面を濡らしをり必要とされないことの花

ここ三年。仕事が忙しい。

歌をもて苦しみを乗り越えるなど　水の暗さに嵩を足す雨

わたしたちといふ無数の鈍い刃が出社してくるいとも淋しく

眼は花《くら》み文字さへ霞む三十歳《さんじふ》のちからに怒るではなく叱る

雨道にひかるカタバミ瞬いて平成も数々の一瞬

初出

「短歌研究」平成三十年六月号・七月号・八月号・九月号・十月号・十一月号・平成三十一年一月号・二月号・四月号。単行本のために特別に書き下ろした作品もあります。

平成《へいせい》じぶん歌《うた》——八十九《はちじゆうきゆう》歌人《かじん》、「三十一年《さんじゆういちねん》」をうたう

令和元年七月二十日　印刷発行

「短歌研究」編集部＝編

発行者　國兼秀二

発行所　短歌研究社
郵便番号一一二－八六五二
東京都文京区音羽一－一七－一四　音羽ＹＫビル
電話　〇三－三九四四－四八二二・四八三三
振替　〇〇一九〇－九－二四三七五

定価はカバーに表示してあります。

ISBN 978-4-86272-616-2 C0095　